LA CHUTE
DE LA MAISON FORTIS

www.editions-jclattes.fr

Joan Condijts
Paul Gérard
Pierre-Henri Thomas

LA CHUTE DE LA MAISON FORTIS

JC Lattès
17, rue Jacob 75006 Paris

ISBN : 978-2-7096-3313-0

Première édition avril 2009

Prologue

La partie s'annonçait serrée. Il la sentait musclée : « On va en prendre plein la figure », avait glissé Étienne Davignon quelque temps auparavant. Le vicomte prenait de gros risques et il le savait. Mais jamais il n'avait imaginé pareil affront. Pas lui, pas comme ça.

Le 2 décembre 2008, le patriarche de l'économie belge se présente devant les actionnaires de Fortis, auxquels il propose de prendre temporairement la tête du conseil d'administration. Le temps de relancer ce qu'il reste de l'ex-premier groupe financier du pays, sinistré après le dépeçage express mené deux mois plus tôt alors que Fortis était au bord du gouffre. Comme on rend service à ses amis, et pour « aider à ramener un peu de paix dans cette maison... » « Stevie » Davignon, soixante-seize ans, a fini par accepter de poser sa candidature comme la direction sortante l'y avait incité. Un cadeau qu'il savait empoisonné.

Les actionnaires, eux, ne l'entendent pas de cette oreille et, en ce jour d'assemblée générale, lui infligent la gifle de sa vie. Cette réunion du 2 décembre est pour eux la première occasion qui leur est donnée de s'exprimer depuis le naufrage de « leur » Fortis. Pas plus que le reste du pays, ils ne comprennent l'invraisemblable enchaînement, mélange de tuiles et d'erreurs, qui a failli emporter ce monument national. Un bilan de 900 milliards d'euros – soit trois fois le produit intérieur brut de la Belgique –, 250 milliards d'euros de dépôts dans les coffres, un Belge sur trois pour client, un employé dans chaque famille ou presque : est-ce bien ce colosse-là qui se couche ? Personne n'en est encore revenu, certainement pas les centaines de milliers d'actionnaires du groupe, qui ont presque tout perdu. Depuis des semaines, ils prennent d'assaut les agences à travers tout le pays, où les employés essuient, impuissants, reproches, railleries, menaces. Mais, cette fois, l'assemblée donne aux petits porteurs l'opportunité de s'adresser à la haute direction de Fortis.

Ce mardi, ils sont 2 500 à avoir rejoint le palais 3 du Heysel, le grand complexe d'exposition du nord de Bruxelles. Pendant des heures, ils y déversent leur haine envers la direction sortante, leur colère d'avoir dû assister, en silence depuis le balcon, au démembrement du groupe bancaire et d'assurances. Fin septembre-début octobre, Fortis s'est vue vidée de sa substance en dix jours à peine, le gouvernement des Pays-Bas rachetant la branche néerlandaise alors que le pôle belge était vendu à BNP Paribas. Première banque et première compagnie d'assurances belge, omniprésente dans le paysage et les portefeuilles à travers tout le plat pays, Fortis n'est plus, depuis, que l'ombre d'elle-même. Une ruine. Vendue à des centaines de milliers d'épargnants pour sa stabilité et son confortable dividende, l'action Fortis a fondu, reléguée au rang d'action croupion. Dans certains ménages, ce sont les économies d'une vie entière qui se sont envolées. D'où la foule de petits porteurs, venus en nombre dire leur rage, leur frustration.

Dès l'entrée, un sexagénaire donne le ton devant les caméras de télévision en quête de micro-trottoirs : « Je n'attends rien de cette assemblée, je suis venu sur le conseil de mon psy, qui m'a dit : "Vous devez y aller et prendre la parole, pour faire sortir votre colère." Fortis, c'était l'action des bons pères de famille comme moi. Mais avec ce fiasco, c'est tout le capital de ma famille qui y est passé : 450 000 euros, sans parler du dividende qu'on ne reverra pas de sitôt. Dans le fond, oui, j'espère une chose : que la société soit dissoute et qu'on se partage les restes entre actionnaires. Comme ça j'aurai encore de quoi vivre pendant deux ans ou trois ans, après quoi il sera temps de mourir. »

C'est le mot d'ordre du jour : se lâcher. D'ordinaire, les assemblées générales de Fortis ressemblent à une grand-messe ronronnante, sans surprise car sans enjeu, où quelques centaines d'actionnaires grisonnants viennent tuer une matinée de semaine. On écoute avec un demi-sourire quelques interpellations cocasses, on ne désapprouve pas totalement quelques remontrances altermondialistes, puis on vote massivement en faveur du dividende proposé avant de se ruer sur le champagne et le buffet. Mais, cette fois-ci, c'est différent : c'est la guerre.

Quand vient le moment d'écouter Étienne Davignon sur les raisons de sa candidature à la présidence du conseil, le déchaînement est total. La foule le siffle, l'injurie, le conspue pendant de longues minutes. M. le vicomte s'attendait à un accueil hostile, pas à une confrontation à ce point haineuse. Le Néerlandais Jan-Michiel Hessels n'en croit pas ses oreilles. Maître de cérémonie malgré lui en l'absence du grand patron de Fortis Maurice Lippens, démissionné deux mois plus tôt, il tente de calmer le jeu : « Un peu de respect, s'il vous plaît ! M. Davignon ne mérite pas ce traitement. Il n'a rien à voir avec les événements que Fortis a connus récemment et qui suscitent votre colère. » Peine perdue, les huées redoublent.

Pris à la gorge par la violence de cette attaque frontale, Étienne Davignon reste un moment interdit, tétanisé. Puis vient la montée d'adrénaline que provoque la blessure. Question d'honneur, le vicomte ne se laissera pas injurier sans réagir. « S'ils pensent qu'ils me font peur, ils se trompent, se dit-il. Moi aussi, je suis capable de gueuler ! » Croyant déceler un moment de relâchement dans le vacarme, il décoche : « Ce n'est pas la première fois dans ma vie que je rencontre une assemblée hostile. Vous êtes souverains et vous votez, mais ne pas vouloir entendre ce que j'ai à vous dire est une faiblesse et non une force. » Il n'apprécie pas non plus qu'on mette en doute sa capacité de s'opposer à l'État et à l'establishment belge, dont il est néanmoins le plus parfait représentant. Le crocodile, surnom renvoyant à la longévité hors norme de sa carrière, tente de rendre les coups mais n'y gagne que quelques huées supplémentaires. Inutile d'insister, le combat est perdu d'avance. Étienne Davignon conclut très vite, n'évoquant le fond du sujet qu'in extremis et pour la forme : « Mon objectif est de recréer de la valeur pour la holding : pensez à cela et pas seulement à votre colère justifiée. » Il se rassied, n'attendant plus rien du vote imminent. Deux minutes plus tard, il est effectivement recalé, mais de justesse, dans un tonnerre d'applaudissements. Il fallait un sacrifice sur l'autel de cette assemblée exutoire pour calmer la colère des actionnaires et c'est le vicomte le plus connu de Belgique qui est exécuté.

Davignon président de Fortis, c'était une idée de la direction sortante. Elle voyait en lui, à juste titre, un des Belges les plus respectés, dont le CV fleuve finit par se confondre avec l'histoire du pays depuis les années 1960 : chef de cabinet (à trente ans) de l'un des pères de l'Europe, Paul-Henri Spaak ; vice-président de la Commission européenne ; président de la Société Générale de Belgique, l'incontournable holding reprise depuis par Suez (aujourd'hui GDF-Suez), et à ce titre administrateur de nombreuses sociétés, dont… Fortis jusqu'en 2004.

Quand la Sabena, la compagnie aérienne nationale, tombe en faillite en 2001, c'est lui que le Premier ministre Guy Verhofstadt appelle à la rescousse pour tenter de relancer un transporteur aux couleurs belges. SN Brussels Airlines naîtra à l'instigation d'Étienne Davignon, qui en préside toujours la holding, et de son ami Maurice Lippens, maître après Dieu chez Fortis. Aujourd'hui encore on retrouve le vicomte dans les réunions du Bilderberg, le très secret et très haut de gamme think tank mondial, et dans de multiples conseils d'administration d'un improbable éclectisme. Dans la liste : l'énergéticien GDF Suez, le Palais des Beaux-Arts de Bruxelles, mais aussi le Royal Sporting Club d'Anderlecht. Privilège envié, il est le seul dans le stade à pouvoir piocher dans un cornet de frites, ce qu'il fait ostensiblement à chaque match, alors que c'est strictement interdit pour le commun des supporters.

À soixante-seize ans, Étienne Davignon a sans doute le carnet d'adresses le mieux garni de Belgique. Il a connu toutes les crises et sa carrière est derrière lui. Quand il s'agit de remplacer Maurice Lippens, président écarté le 28 septembre 2008 par le gouvernement belge qui ne veut plus de lui à la tête de Fortis, c'est à l'insubmersible vicomte que songe le conseil d'administration. « Votre idée est idiote », rétorque d'abord Étienne Davignon à Jan-Michiel Hessels. Le crocodile considère notamment que son âge ne sert pas la cause, pas plus que son amitié avec Maurice Lippens. Mais Fortis insiste lourdement et le 29 octobre, lors d'un déjeuner discret place du Trône à Bruxelles, au siège de Suez-Tractebel, Étienne Davignon finit par dire « oui ». « Je peux sans doute faire quelque chose, se dit-il. Et puis, je ne laisse pas tomber un copain parce qu'il est dans la mouise. » Démarche chevaleresque.

Sa première intuition était pourtant la bonne. Un mois plus tard en effet, lors de l'assemblée du 2 décembre, les actionnaires de Fortis ne verront qu'une chose en Davignon : un ami de Lippens qu'ils imaginent forcément téléguidé par le président déchu. Ce jour-là, Davignon est un Lippens-bis, sa réincarnation. Voter pour l'un revient à réintégrer l'autre, hurlent les actionnaires, redoutant la manipulation. Or, ils veulent rompre avec la Fortis d'avant, qu'ils accusent de les avoir plumés. Pour l'ami qui pensait rendre service, la sanction est cruelle. L'exclusion brutale d'Étienne Davignon restera comme une griffe sur son parcours en or massif et ce n'était pas vraiment le but. Mais il relativise vite. En quittant l'assemblée, il tente l'humour, plus pour lui que pour les quelques journalistes qui l'ont pisté : « Les gens n'ont pas compris que, quand les problèmes sont grands, il vaut mieux que les vieux s'en chargent car ce sont ceux qui ont le moins à perdre. Si j'avais cinquante-huit ans et que cette tâche était mon bâton de maréchal, j'aurais été déçu. Mais je n'ai plus cinquante-huit ans depuis longtemps. Le prix que je paie est bien léger. Je dormirai tranquille et j'irai voir Anderlecht gagner samedi prochain. »

Là, le crocodile crâne un peu mais il s'en remettra, pour une raison plus profonde et plus simple à la fois : les coups que les actionnaires de Fortis lui ont portés ne lui étaient pas destinés. Ce n'était pas Davignon qu'ils cognaient, mais Lippens. Le 2 décembre, debout dans la pénombre du palais 3 du Heysel, le premier a fait office de paratonnerre pour le second.

Le soir même, Étienne Davignon rejoint le Palais des Beaux-Arts pour participer à un événement organisé pour les quatre-vingts ans de cette institution qu'il préside. Dans la grande salle Henry Le Bœuf, se joue *Al Kamandjati*, spectacle multimédia évoquant la vie du violoniste palestinien Ramzi Aburedwan et, à travers lui, le conflit israélo-palestinien. « Je suis heureux de prendre la parole devant une assemblée plus tranquille… », entame le vicomte à l'heure du speech. Il ne restera toutefois pas à la réception d'après-spectacle : redoutant les allusions à Fortis, il s'esquive pour rentrer chez lui au plus vite. Aucune envie de revenir sur cette journée de fous.

1

« Rock, Fire, Sand »

Réunion au sommet ce 30 mars 2007 au 20 rue Royale, le siège de Fortis, en plein centre de Bruxelles. Fred Goodwin, le patron de la Royal Bank of Scotland, est venu rencontrer son homologue chez le bancassureur belgo-néerlandais. Son ou plutôt ses homologues : le *chief executive officer* Jean-Paul Votron a rejoint le bureau de Maurice Lippens, ancien patron de Fortis et désormais président du conseil d'administration. C'est là qu'ont lieu les grands rendez-vous. Chez Fortis, le président n'a jamais tout à fait remisé le costume de chef exécutif, si bien que le groupe a appris à vivre avec un patron et demi, sinon deux. Il est vrai que le comte Lippens n'est pas seulement l'ancien boss de Fortis, il en est aussi le fondateur, l'architecte, le père. Fortis, c'est Lippens. L'inverse est vrai aussi : Lippens, c'est Fortis. Son unique expérience professionnelle, l'œuvre de sa vie, son bébé. Lippens, Fortis : les deux noms renvoient l'un à l'autre, se confondent presque. Maurice Fortis.

Voilà pourquoi Sir Fred rencontre les deux hommes ce vendredi après-midi. Les dirigeants belges se doutent de ce que le sémillant Écossais est venu leur dire.

« Santander et nous-mêmes envisageons de créer un consortium pour reprendre ABN Amro. Nous voudrions savoir si vous êtes prêts à travailler avec nous. »

Goodwin connaît la réponse à sa fausse question. S'il a fait le déplacement, c'est parce qu'il sait l'intérêt de Fortis pour l'opération évoquée. Depuis deux semaines, on ne pense plus qu'à cela du côté de la rue Royale. Le 13 mars, la banque d'affaires américaine Merrill Lynch avait fait parvenir aux équipes de Gilbert Mittler, le directeur financier de Fortis, un document passant ABN Amro au crible. Des dossiers de ce type, suggérant une proie possible, les conseillers en fusions/acquisitions en ont cent dans leurs cartons, à disposition, et Gilbert Mittler en a toujours une pile dans son bureau. Mais celui-ci n'est pas comme les autres. Merrill Lynch savait Fortis intéressée par le groupe néerlandais, et pour cause : c'est Fortis elle-même qui, deux semaines auparavant, avait discrètement sondé la banque d'affaires américaine pour vérifier si elle était toujours libre sur le dossier ABN Amro, ou au contraire déjà sollicitée pour conseiller une autre maison. Merrill Lynch était disponible et s'est engouffrée dans la brèche.

Le document de la banque américaine ne dormira pas dans la pile de Gilbert Mittler. Le financier s'en empare aussitôt et l'emmène chez Jean-Paul Votron, dont le bureau jouxte le sien. Ces deux-là sont amis. Quand Votron a pris la tête de Fortis fin 2004, ils se sont très vite trouvé des atomes crochus : optimistes, enthousiastes, créatifs, faiseurs de *deals*, ils fonctionnent au coup de cœur, à l'impulsion. Les défis, la prise de risques et la nouveauté les excitent, la gestion courante les ennuie. ABN Amro est à prendre ? La perspective ne peut que les titiller, tout comme Maurice Lippens, à qui ils en parlent sans tarder.

Très vite, le montage proposé par Andrea Orcel, un des piliers de Merrill Lynch en Europe, se précise. L'approche est menée rondement mais sans griller les étapes pour autant. Le banquier d'affaires italien veut d'abord vérifier si Fortis mord vraiment à l'hameçon avant d'en venir au vif du sujet. Le 16 mars, un deuxième document parvient à Fortis, dans lequel Merrill Lynch émet l'idée d'un rachat d'ABN Amro combiné à la vente immédiate de certains de ses morceaux ou – pourquoi pas ? – à une prévente. Trois jours plus tard suit une nouvelle mouture, comprenant une liste de partenaires potentiellement intéressés par la banque néerlandaise : Société Générale, BNP Paribas, Lloyd TSB, Royal Bank of Scotland... Le lendemain, le *deal* se précise. En marge d'un séminaire organisé à Noordwijk aux Pays-Bas pour les 300 principaux cadres de

Fortis, Andrea Orcel et son conseiller local, Joost Scholten, rencontrent Jean-Paul Votron, Gilbert Mittler et Lex Klosterman, un Néerlandais que le CEO a connu chez ABN Amro, où il est allé le chercher. Cette fois, le principe d'un achat groupé est dans la discussion mais Merrill Lynch se garde bien de nommer les autres membres du consortium imaginé. Du côté de Fortis, on précise deux ou trois choses : le groupe pourrait être intéressé, oui, mais uniquement pour mettre la main sur certains morceaux d'ABN Amro et sûrement pas pour prendre la direction des opérations.

Le 29 mars, le *draft* adressé aux futurs membres du consortium dévoile tout ou presque. Sous l'intitulé « Project RFS », les trois banques y sont mentionnées sous des noms de code qui ne brouillent plus vraiment les pistes : Rock, Fire, Sand (littéralement, pierre, feu, sable). Royal Bank of Scotland, Fortis, Santander. L'essentiel s'y trouve, à commencer par la répartition des actifs ABN Amro en fonction des desiderata (compatibles) de chacun, et la valorisation de la cible telle qu'estimée par Merrill Lynch. Au centime près : entre 39,85 et 45,08 euros par action.

Une vieille connaissance

Ce n'est pas la première fois qu'un grand groupe vient trouver Fortis pour lui proposer un rachat de la banque néerlandaise. Fin 2006 déjà, Citibank l'avait sollicitée pour une acquisition à deux. Le géant visait LaSalle, la grosse division américaine d'ABN Amro, ainsi que Banco Real, banque brésilienne rachetée par... Jean-Paul Votron lorsque celui-ci officiait, à la fin des années 1990, pour la banque d'Amsterdam, où il était notamment chargé de développer les activités de banque de détail en dehors des Pays-Bas. Citibank proposait le reste à Fortis. Celle-ci avait vite décliné : trop gros, ingérable. Ce n'était pas le bon plan mais ABN Amro reste un dossier qui intéresse Fortis depuis un certain temps. Pas un banquier d'affaires en Europe ne l'ignore. Pas un financier n'ignore non plus qu'ABN Amro cherche à se marier.

Rijkman Groenink a fait le tour du continent avec cette idée en tête. En vain. ABN Amro a beau porter l'un des noms les plus prestigieux de l'Europe bancaire, son action végète en Bourse et la stratégie de son patron ne convainc pas. Groenink a poussé loin le développement de sa banque, en particulier la division banque d'affaires et d'investissement, mais cet essor se révèle aussi débridé qu'éclaté. En dehors des Pays-Bas, le groupe se perd dans de nombreuses spécialités où il a souvent très bonne réputation mais où il reste toujours de taille moyenne. La pression monte de plus en plus sur Rijkman Groenink, ses actionnaires veulent voir le titre retrouver des couleurs. C'est une des raisons qui poussent le patron d'ABN Amro à dîner avec la moitié de ses homologues européens pour parler fusion. Mais la méthode Groenink, dont l'orgueil est réputé démesuré, n'aide pas : à peine branche-t-il son vis-à-vis sur l'idée d'une union qu'il enchaîne, le plus naturellement du monde : « Bien sûr, c'est ABN Amro qui rachète et c'est moi qui dirige. » C'est ainsi que Rijkman Groenink a par exemple traité avec André Bergen, le patron de la Belge KBC en 2003, ou bien encore… avec Maurice Lippens, quelques années plus tôt. Dans ces conditions, pas de secret : toutes les approches de Groenink tournent court. Ne voyant rien venir, certains actionnaires ont fini par employer la manière forte. Début 2007, les activistes de TCI, un fonds d'investissement basé à Londres et qui a pris 1 % d'ABN Amro, mènent la fronde et exigent de la banque qu'elle envisage toutes les options possibles afin de recréer de la valeur pour les actionnaires : scission, fusion, démantèlement… Il n'y a plus de tabou.

Chez Fortis, on a suivi de très près les difficultés de l'enseigne néerlandaise. C'est qu'ABN Amro est une vieille connaissance. Et pas seulement parce que Jean-Paul Votron est un ancien haut cadre de la banque d'Amsterdam, qu'il a quittée en 2001 après avoir constaté que Rijkman Groenink ne répondait pas à sa soif d'évolution, lui refusant en particulier un siège au comité de direction. Il y a plus que cela. Les deux groupes partagent une longue histoire, tortueuse, aux accents passionnels, comme il peut s'en produire entre deux grandes maisons voisines, dirigées par deux fortes têtes aux ambitions peu compatibles. Un jour amants, le lendemain ennemis jurés. Une relation compliquée.

En 1987-1988 déjà, la Générale de Banque (qui n'était pas encore rachetée par Fortis) et Amro (pas encore unie à ABN) ont été très loin dans le projet d'une fusion transfrontalière. Le plan est balayé en 1989, à la suite notamment d'un changement de direction et d'actionnariat à la Générale de Banque, que Suez Lyonnaise des Eaux contrôle désormais au travers de la Société Générale de Belgique (SGB), la grande holding historique reprise par le groupe français. Peu après, en 1990, la fusion des assureurs belge AG et néerlandais Amev donne naissance au groupe binational qui prendra le nom de Fortis un an plus tard.

ABN Amro, ensemble constitué en 1991, et la Générale de Banque se reparlent en 1998. Maurice Lippens lorgnait la seconde depuis un moment mais s'était fait éconduire une première fois en 1992 par Suez, actionnaire de référence aussi bien de Fortis que de la Générale de Banque via la SGB. Le patron de Fortis revient à la charge fin 1997 et décide cette fois de lancer une offre publique d'achat sur la banque belge. Le comité de direction de la G-Banque, emmené par Fred Chaffart, n'en veut pas. Il n'a même pas eu à chatouiller la direction d'ABN Amro pour que celle-ci, déjà partante, ne se jette dans la bagarre. La contre-offre néerlandaise impose mille manœuvres à Maurice Lippens et le force à ouvrir davantage le portefeuille, jusqu'à débourser l'équivalent de 13 milliards d'euros.

Homérique, la bataille laisse forcément des traces mais n'empêche pas Maurice Lippens, accompagné d'Étienne Davignon, de rejoindre Amsterdam un soir de 2000 le temps d'un dîner avec Rijkman Groenink sur le thème : « Et si nos deux maisons collaboraient malgré tout ? » Charmant, le patron néerlandais se montre ouvert et les deux Belges ne regrettent pas leur soirée. Quelques jours plus tard toutefois, un courrier de Groenink brise net l'élan : le projet expédié par ABN Amro n'a plus rien du partenariat évoqué mais revient à un rachat de Fortis, avec le Néerlandais dans le rôle du grand patron.

On pourrait s'aimer mais on ne s'aime pas. Telle est la base de la relation qu'entretiennent depuis vingt ans Fortis et ABN Amro lorsque, le 30 mars 2007, le patron de la Royal Bank of Scotland vient à Bruxelles proposer officiellement aux dirigeants du premier groupe de participer au dépeçage du second.

« Quelles seraient les divisions susceptibles de vous intéresser ? » demande Sir Fred.

L'Écossais se doute des intentions de Fortis puisqu'elles figurent dans le document de Merrill Lynch, reçu la veille. Là n'est pas l'objectif de la visite de Fred Goodwin : s'il s'est déplacé en personne, ce n'est pas pour recouper les informations mais pour sonder ses éventuels futurs partenaires, pour vérifier dans le blanc des yeux la motivation des Belges. Quant aux actifs visés par Fortis, les Lippens, Votron et Mittler n'ont pas eu à réfléchir longuement avant d'en dresser la liste, ils connaissent le dossier par cœur.

Trois morceaux d'ABN Amro leur font de l'œil. Tout d'abord le réseau d'agences aux Pays-Bas, qui viendrait combler une évidente faiblesse bancaire de Fortis. Si le groupe est le premier banquier et le premier assureur de Belgique, il n'est pour l'essentiel qu'un assureur outre-Moerdijk. Ensuite la banque privée d'ABN Amro, qui compléterait utilement une division équivalente chez Fortis, que Jean-Paul Votron a décidé de pousser massivement et sur laquelle il fonde beaucoup d'espoirs. Enfin la gestion d'actifs de la banque néerlandaise, créneau dans lequel Fortis cherche depuis des années à nouer un partenariat. Le groupe belgo-néerlandais a déjà mené, en vain, de multiples négociations sur ce terrain avec des enseignes comme BNP Paribas, Société Générale ou... ABN Amro. L'occasion est trop belle de régler cette question au passage. Réseau néerlandais, banque privée et gestion d'actifs : le plan idéal de Fortis est là. Faire d'une pierre trois coups. L'addition est lourde mais Jean-Paul Votron a fait ses calculs : ce paquet d'actifs ferait de Fortis la première banque du Benelux, la cinquième dans la zone euro, avec 10 millions de clients, 80 000 employés et un bénéfice cumulé de 5,6 milliards d'euros.

Le patron de la Royal Bank of Scotland enregistre la commande et ajoute :

« Il serait utile que vous ayez aussi une conversation avec Santander mais, pour moi, cela ne devrait pas poser problème. »

2

LE PARI

Dès le début de la semaine suivante, Emilio Botín, le patron de Santander, se montre tout aussi satisfait de la *shopping list* avancée par Fortis. Le duo britannico-espagnol cherchait un troisième larron avant de s'attaquer à ABN Amro, à la fois pour réduire la facture et pour s'adjoindre une connaissance du biotope néerlandais qu'il n'a pas. Il a frappé à la bonne porte… Mais il s'agit d'aller vite car un autre groupe britannique, Barclays, est sur l'affaire : Rijkman Groenink a trouvé un chevalier blanc pour contrer l'attaque qu'il a vu venir, pour avoir plus d'une fois recueilli les avances de RBS et de Santander sans y donner suite. Andrea Orcel, qui conseille le couple RBS-Santander chez Merrill Lynch, a vu juste. Fortis est effectivement très preneuse et prompte à s'engager. La banque d'affaires sera récompensée pour son efficace mise en cheville : Merrill Lynch devient le conseiller unique du consortium, montage inédit qui s'annonce comme « la » transaction de l'année.

Les réunions et les événements s'enchaînent alors à une vitesse dont tout le monde s'étonne encore. Dès le 12 avril 2007, les patrons des trois groupes se réunissent à Genève pour sceller leur alliance. Ils sont quatre à avoir rejoint les salons du Four Seasons Hôtel des Bergues, en bordure du lac Léman : les trois *chief executive officers* sont là, mais Jean-Paul Votron est accompagné de son président. Maurice Lippens n'aurait manqué l'instant pour rien au monde. Les quatre « Principles », comme les appellent leurs équipes, signent un court document limité aux grandes lignes de leur accord : la liste des actifs que chacun veut emporter chez soi, la liste des divisions dont personne ne veut et qui seront mises en vente (la banque italienne Antonveneta, les activités de capital risque...) et bien sûr le prix pour ABN Amro. On s'entend sur 35 euros par action, avec une marge à la hausse de 10 % maximum, précise le document.

Le lendemain, dans un climat de spéculation extrême autour d'ABN Amro, le trio européen dévoile officiellement la constitution de leur consortium. Le 24 avril, Barclays annonce une offre publique d'échange sur ABN Amro valorisant cette dernière à 67 milliards d'euros, combinée à la vente pour 21 milliards de dollars de la grosse filiale américaine d'ABN Amro, LaSalle, à Bank of America. Quatre jours plus tard, les trois répliquent en annonçant un projet d'OPA qu'ils confirmeront dans le mois. Le 29 mai, le trio met des chiffres sur ses intentions : son offre valorise ABN Amro à 38,40 euros, dont 79 % en cash, soit juste en deçà de ce que prévoit l'accord de Genève. Au total, le consortium se propose d'allonger 71,1 milliards d'euros. C'est la plus grosse fusion bancaire jamais envisagée. En juillet, il portera la part en cash de son offre à 93 %, dans le but de surclasser nettement l'offre de Barclays, laquelle fluctue selon l'humeur des marchés puisqu'elle est formulée en actions.

La facture revenant à Fortis est colossale : 24 milliards d'euros. À l'époque, c'est plus de la moitié de ce que vaut le groupe en Bourse (40 milliards). La prise de risque est très élevée et se traduit par un *goodwill* (une surprime par rapport à la valeur comptable des actifs repris) vertigineux : 19,3 milliards. Montant que la direction de Fortis taira longtemps. Mais Jean-Paul Votron et Gilbert Mittler, son fidèle directeur financier, se montrent sûrs de leur coup. Ils ont fait leurs calculs : les bénéfices attendus pour 2007 sur la part d'ABN Amro reprise par Fortis sont évalués à 1,4 milliard. S'y ajoute l'effet de synergies, que Fortis situe à un milliard par an une fois passée la phase d'intégration, en 2010. Les 24 milliards allongés correspondent donc, dans l'esprit de Fortis, à dix fois les bénéfices attendus de l'opération. Tel est le pari de Jean-Paul Votron, renforcé par la certitude de trouver chez ABN Amro une botte secrète, un trésor caché dont il constatera effectivement l'existence après la clôture de l'opération en octobre 2007 : par rapport à la hauteur de ses engagements, la banque d'Amsterdam affiche un excédent de liquidités de 25 milliards d'euros. Pour les dirigeants de Fortis, c'est le « petit plus » qui les conforte.

Du premier contact au dépôt formel de l'offre, moins de trois mois se sont écoulés. Un record, ici aussi. La motivation de Maurice Lippens et Jean-Paul Votron est forte. Mais pourquoi la maison Fortis s'est-elle ruée sur ABN Amro ? Car dans l'esprit de ses dirigeants, c'était l'offre qui ne se refuse pas, l'opportunité qui ne se présente pas deux fois. « It makes sense », avait d'emblée dit Jean-Paul Votron. « Cela fait sens » parce qu'il est temps pour Fortis de « rééquilibrer son profil de risque », comme disent alors ses dirigeants. Au cours des dernières années en effet, Fortis s'est développée à marche forcée dans la banque d'affaires et d'investissement, le *Merchant Banking* selon le vocabulaire maison. Pour répondre à la demande d'actionnaires toujours plus enclins à comparer les performances à court terme de la concurrence, le groupe de la rue Royale a fait comme tout le monde : il s'est plié au diktat du marché et s'est mis à traquer tous les effets de leviers possibles et imaginables pour faire du chiffre et produire un rendement des fonds propres supérieur à 15 % par an. Chez Fortis, Jean-Paul Votron exige même un minimum de 20 %. C'est énorme, *a fortiori* en période de taux d'intérêt bas et pour un groupe essentiellement actif dans le Benelux, région à croissance modérée. C'est énorme mais c'est devenu la norme pour la plupart des banques. Alors elles font du chiffre, multiplient les activités dérivées, inventent chaque jour de nouveaux produits de dettes grâce à des techniques financières toujours plus sophistiquées. La plupart des banques s'engouffrent dans un développement effréné des crédits et les bilans gonflent en proportion. Celui de Fortis triple en dix ans et tutoie les 800 milliards d'euros fin 2006. Deux fois et demie le produit intérieur brut de la Belgique.

Grosse pression

Jean-Paul Votron a été engagé pour secouer Fortis, pour extraire cette maison cossue de sa zone de confort et répondre à la principale critique des marchés, qui jugent faiblard son potentiel de croissance. Développer le groupe, c'est le mandat du nouveau patron et il l'applique à la lettre, mettant la pression à tous les étages. Les équipes doivent donner tout ce qu'elles peuvent et davantage encore. C'est l'approche américaine : les adjoints entrent dans le bureau du *chief executive officer* avec des objectifs chiffrés poussés au maximum et en ressortent avec l'obligation d'atteindre 50 % de plus. Biberonné aux méthodes anglo-saxonnes, Jean-Paul Votron met l'accélérateur partout, comptant tout spécialement sur sa banque d'affaires et d'investissement, aux activités par nature internationales, globales. Dans un groupe qui fait 80 % de son bénéfice dans le Benelux, c'est elle qui doit faire la différence. Et ça marche.

Filip Dierckx, le patron de la branche, visait un bénéfice de 750 millions d'euros pour 2005 ; à l'étage supérieur, Jean-Paul Votron a relevé la barre à un milliard. Mission accomplie à la lettre : les équipes travaillant sous la houlette de Filip Dierckx bouclent l'année sur un profit de 1,8 milliard. En janvier 2006, Fortis fait la fête à sa *Merchant Bank.* La maison veut marquer le coup et convie des centaines de collaborateurs à célébrer ces si beaux résultats par une grand-messe festive de deux jours à Amsterdam. Le groupe sort le grand jeu pour accueillir ses cadres et salariés, en provenance du monde entier. En plein cœur du port d'Amsterdam, dans d'anciennes halles industrielles superbement rénovées que les équipes de Fortis rejoignent par bateau-mouche, un buffet somptueux mélange les cuisines du monde en même temps que les employés de San Francisco, New York, Londres, Singapour, Tokyo ou Istanbul. Sur écran géant, un film conçu pour la circonstance célèbre la diversité de Fortis, entreprise globale. Des images de carte postale brassent les filiales du bancassureur aux quatre coins du monde, le tout porté par les envolées lyriques du groupe pop U2. Le show culmine avec l'intervention des deux maîtres de cérémonie, Filip Dierckx et Jean-Paul Votron. Le patron de la division qui monte et le big boss, le couple gagnant.

Le couple ? Pas vraiment. Ces deux-là ne partagent pas grand-chose et ne s'apprécient guère.

Parachuté depuis l'extérieur au sommet de la pyramide Fortis par la volonté de Maurice Lippens, Jean-Paul Votron est fonceur et direct, carré dans les relations. Les états d'âme, la diplomatie ne sont pas son rayon. Quand il doit se défaire de quelqu'un, il le dit en face, puis passe à autre chose. Chez Citibank où il a passé dix ans et appris le métier, on a fini par le surnommer « Mister No Whining », « Monsieur On ne geint pas ». Ses équipes de New York lui ont un jour offert un petit écriteau de cuir rouge reprenant la devise en lettres d'or. Il ne s'est jamais séparé de ce cadeau clin d'œil. C'est son mantra. Il déteste les mous, les lents, les indécis. Lui, c'est un offensif, un boxeur. Un boxeur ne regrette jamais de porter un coup et ne se plaint pas quand il en reçoit. « No Whining ».

Son truc, c'est le marketing, qu'il a découvert chez Unilever puis approfondi chez Citibank. Fasciné par la puissance des grandes marques, c'est un pro de la vente, un esprit commercial formé à l'américaine. Fils d'un architecte urbaniste des Nations Unies, il a toujours voyagé et en a gardé le goût. Il a passé sa carrière à l'étranger, aux États-Unis essentiellement, et ne s'est jamais autant amusé professionnellement que lorsque Citibank lui a confié, au début des années 2000, des missions à Lagos, Karachi ou Bogota, où il s'agissait souvent de redresser une filiale en perdition. À New York, personne ne voulait de ces voyages à risque avec gardes du corps et voiture blindée, mais lui en redemandait.

Votron bouscule allègrement les habitudes de la vieille dame conservatrice, lente à la détente, dormant sur ses lauriers de première institution financière belge. Son arrivée agit sur Fortis comme un réveille-matin et cela ne déplaît pas à Dierckx, qui décide de jouer le jeu en s'alignant sur les ambitions de croissance du nouveau numéro un. Les deux hommes vivent sur des planètes distinctes mais décident de composer l'un avec l'autre.

L'essor de la banque d'affaires et d'investissement n'en est que plus spectaculaire. Votron le veut, Dierckx le concrétise. Dès 2005 donc, la division enclenche le turbo et double ses bénéfices. Mais la fête donnée en janvier 2006 à Amsterdam est aussi pour les deux hommes forts de Fortis l'occasion de faire passer un message très clair, chacun dans son rôle. Filip Dierckx prend d'abord la parole pour féliciter ses troupes. Jean-Paul Votron clôture ensuite la séance en puisant dans le vocabulaire classique du patron insatiable. En substance : bravo pour le boulot abattu mais il va falloir faire mieux encore à l'avenir. Avancer, toujours avancer.

Les résultats sont là. Fin 2006, le groupe finit l'année sur les chapeaux de roue avec un bénéfice record de 4,4 milliards d'euros. La banque de détail y a contribué pour 1 milliard, l'assurance pour 1,4 milliard mais le reste, 2 milliards ou 45 % du total, est à mettre au crédit de la *Merchant Bank*, véritable banque dans la banque. La machine tourne à plein régime et rapporte un maximum mais cela ne peut pas continuer. Dépendre à ce point de ces

activités volatiles n'est ni sain ni tenable, la direction de Fortis le sait parfaitement. La banque d'affaires et d'investissement prend trop d'importance au sein du groupe, un dangereux déséquilibre s'installe et il s'agit de corriger le tir tant qu'il est encore temps. C'est bien beau de multiplier les crédits aux entreprises ou d'investir massivement sur les marchés financiers, mais rien ne vaut une bonne banque de détail et ses fidèles épargnants pour amortir les chocs et stabiliser un édifice bancaire. Les dirigeants de Fortis en sont bien conscients et c'est ce qui explique que, pendant qu'ils poussent leur *Merchant Bank* dans ses derniers retranchements, ils planchent en parallèle sur une alliance dans la banque de détail, où les dépôts sont stables sinon captifs, les revenus récurrents et prévisibles. C'est donc là que le groupe doit à terme se renforcer, estime-t-on chez Fortis. Ce fil conducteur poussera le bancassureur à parler fusion, au gré des opportunités, avec des groupes financiers européens de taille plus ou moins comparable et à forte composante « retail ».

BNP Paribas, la piste abandonnée

En 2002-2003, les discussions vont très loin avec BNP Paribas. Des groupes techniques se mettent en place et envisagent pendant plusieurs mois une fusion, par échange d'actions. Anton Van Rossum, alors patron de Fortis, traite en direct avec Baudouin Prot, numéro deux de la banque française et dauphin du PDG, Michel Pébereau. Mais les embûches et les réticences sont nombreuses. Il apparaît assez vite que BNP Paribas pèse plus lourd que Fortis et qu'une fusion à 50/50, imaginée dans un premier temps, ne saurait être envisagée. C'est une première pierre d'achoppement, il y en aura bien d'autres. Ils ne s'accordent pas plus sur le prix : BNP Paribas proposait une OPE assortie d'une prime de 10 % mais la chute des cours boursiers rend caduque la formule d'abord envisagée. Et puis les deux parties ne sont pas sûres de s'entendre sur les inévitables questions de cadre et de personnes. Où place-t-on le siège, sous quel drapeau national, avec quel patron ? Sur ce dernier point, un organigramme a été imaginé : Michel Pébereau prend la présidence du nouvel ensemble alors que la direction opérationnelle revient à Anton Van Rossum, avec Baudouin Prot en numéro deux et successeur désigné. L'épure renvoie Maurice Lippens dans le rôle très secondaire de vice-président du conseil. Ce n'est pas du tout du goût de l'intéressé, qui imaginait une distribution inverse, avec Pébereau pour CEO. Van Rossum a-t-il négocié dans le dos de son conseil ? En tout cas, Lippens ne lui pardonne pas ce qu'il considère comme des ambitions personnelles déplacées. Le patron exécutif de Fortis n'était déjà plus en odeur de sainteté, son sort est cette fois scellé : son mandat ne sera pas renouvelé.

En 2005, c'est le groupe franco-belge Dexia qui entre dans le viseur de Fortis. Maurice Lippens et Jean-Paul Votron, nommé quelques mois plus tôt, entraperçoivent une fenêtre de tir : le patron de Dexia, le Français Pierre Richard, est sur le départ alors que son successeur, le Belge Axel Miller, n'a pas encore pris ses quartiers. C'est le moment de démarcher les actionnaires publics de Dexia, qui contrôlent le capital de cette banque née du mariage du Crédit Local de France et du Crédit Communal de Belgique. Fortis croit avoir convaincu mais les actionnaires de Dexia se cabrent et refusent l'idée du bain de sang social à craindre d'un évident doublon entre les deux réseaux d'agences. Or, les décideurs au conseil de Dexia sont des politiques : ils pensent d'abord en termes de pouvoir avant de parler rendement ou plus-value. Le projet de Fortis sera éventé dans les colonnes du quotidien *Le Soir* et aussitôt enterré par Dexia.

En 2006, un rapprochement est discuté avec Lloyd TSB. Le groupe britannique de bancassurance est dirigé par Éric Daniels, ancien *senior banker* de Citibank, comme Jean-Paul Votron. Les deux patrons se connaissent bien, il leur arrive même de taquiner le goujon ensemble. Pas besoin de briser la glace, d'autant que les deux groupes s'observent depuis un moment. À la base, il était question de mettre en commun des activités de *back office* (gestion de trésorerie et autres) mais les discussions déborderont un moment sur un mariage tout court. Sans succès : les embûches techniques se révèlent nombreuses, la motivation n'est pas complète, les synergies peu évidentes et, comme toujours, cela coince sur la sempiternelle question du partage du pouvoir, chacun imaginant son CEO à la tête du nouvel ensemble. Mauvaise pêche, une fois de plus.

C'est alors qu'ABN Amro refait son entrée. La première proposition, celle de Citibank, présentait l'inconvénient de s'encombrer de toutes les divisions autres qu'américaines. Mais un rachat partiel et ciblé d'ABN Amro semble plus avantageux. Le voilà, le grand *deal* tant recherché dans la banque de détail. Quand les dirigeants de Fortis revoient passer le dossier, ils s'en emparent illico, motivés comme jamais. Cette fois, c'est la bonne.

3

MAURICE Ier, ROI DU BENELUX

Bingo ! En ce lundi 6 août 2007, les actionnaires de Fortis viennent de plébisciter le projet de rachat d'ABN Amro pour 24 milliards d'euros. Au moment de remercier les centaines d'actionnaires présents, la voix de Maurice Lippens flanche un court instant. Sur la scène de la salle Henry Le Bœuf du Palais des Beaux-Arts à Bruxelles, louée pour l'occasion, le président du conseil d'administration écrase une larme, presque imperceptiblement. Furtif relâchement qui traduit l'émotion aussi bien que la fatigue.

D'ordinaire, Maurice Lippens est sur du velours lorsqu'il préside les assemblées générales de Fortis. Il joue à domicile et le seul enjeu consiste à limiter le côté ronflant de ces grand-messes dont les décisions sont déjà fixées et connues d'avance. Il distille les bons mots et ne peut souvent s'empêcher de moquer tel ou tel grincheux. Rien de bien grave. Mais cette fois, le stress est à la hauteur de l'enjeu : énorme. Sans l'accord des actionnaires, dans les poches desquels Fortis veut piocher profond, pas de rachat d'ABN Amro. L'assemblée s'annonce donc historique et a été préparée comme telle. Depuis six mois, le groupe est sur le pied de guerre et mène une campagne d'enfer pour faire passer son grand projet. Jean-Paul Votron, le numéro deux Herman Verwilst, le financier Gilbert Mittler et quelques autres membres du comité de direction ont enchaîné les visites aux grands investisseurs institutionnels, à Londres, New York, Paris ou encore Francfort. Jean-Paul Votron et Gilbert Mittler reçoivent aussi, par petits groupes, la plupart des institutionnels belges et les analystes dans les salons de l'hôtel particulier du groupe, rue Ducale, ou au siège central, rue Royale. Gilbert Mittler et le Néerlandais Lex Klosterman, un ancien d'ABN Amro, se chargent aussi de faire le tour des banques privées, où ils rencontrent gestionnaires et gros clients. À l'aise avec tous les publics, le directeur financier ajoutera aussi quelques visites aux clubs d'investisseurs. Toute la direction est mobilisée et ces centaines de contacts la mettent en confiance : le grand *deal* de Fortis passe bien et suscite souvent la fierté. Enfin un groupe belge – ou fortement belge – qui ose quelque chose au lieu de se faire racheter.

Il en faut cependant plus pour rassurer Maurice Lippens et Jean-Paul Votron. Car Fortis ne peut compter sur la protection d'aucun gros actionnaire de référence. Son capital flotte aux quatre vents de la Bourse et si la banque britannique Barclays, auteur d'une offre concurrente sur ABN Amro, ou si la banque néerlandaise elle-même parvient à liguer contre Fortis quelques gros *hedge funds*, tout peut arriver. S'ils réunissent 25 % du capital représenté, les adversaires peuvent bloquer l'appel de fonds et donc l'OPA. Honte alors sur Maurice Lippens et ses lieutenants, d'où l'intérêt, l'urgence de rameuter le ban et l'arrière-ban, les amis et les amis des amis, pour peser le plus lourd possible et contrebalancer une éventuelle attaque. À Bruxelles, la direction de Fortis est confiante : le dépôt préalable des titres, condition sine qua non pour voter, a le double avantage de permettre quelques projections valables sur les forces en présence et d'éloigner les spéculateurs qui refusent le gel de leurs titres. Mais personne n'aurait parié un centime d'euro sur le score qui apparaît sur les écrans de la salle Henry Le Bœuf : « pour : 93 % ».

Des doutes jusqu'au bout

La victoire est indiscutable mais elle ne vaut rien si elle est suivie d'un vote contraire lors de la seconde assemblée du jour, à Utrecht, aux Pays-Bas, l'autre siège de la société binationale qu'est Fortis. Ici, les actionnaires peuvent rentrer leurs titres au dernier moment, ce qui rend impossible tout pronostic. Serrés comme des sardines dans les hélicoptères qui les portent d'une assemblée à l'autre, les membres de la direction de Fortis n'ont aucune envie de fêter la belle victoire de Bruxelles. De toute façon, c'est impensable : le vacarme ambiant n'incite pas aux confidences et chacun reste coincé dans sa bulle de stress.

Quand les deux Dauphin et le Colibri touchent le sol après cinquante minutes de vol, les passagers n'ont pas vraiment soufflé avant d'entamer le deuxième grand rendez-vous du jour.

Utrecht est certes le deuxième berceau de Fortis mais les Pays-Bas sont aussi la terre d'ABN Amro. Comment les Néerlandais, à qui un groupe très belge se propose d'arracher un des joyaux de la couronne, vont-ils voter ? Fortis espère que son lobbying a porté mais n'est sûr de rien. Personne n'a oublié ici que les vrais ennuis d'ABN Amro ont commencé lorsqu'un fonds d'investissement pesant tout juste 1 % du capital, TCI, a décidé de prendre la contestation en main. Qui peut jurer que le même activisme ne se retournera pas contre Fortis ? Pour ne rien arranger, le taux de présence est très élevé à Utrecht, plus encore qu'à Bruxelles : près de 40 % du capital est représenté, c'est plus du double qu'en temps normal. La tension est forte et les patrons de la rue Royale ne se détendront vraiment qu'en découvrant sur leur moniteur le résultat du second vote du jour : « pour : 96 % ».

Le triomphe est complet. Maurice Lippens et Jean-Paul Votron peuvent enfin se relâcher. En coulisse, on se congratule et Gilbert Mittler, le plus latin de la bande, propose de s'arrêter sur la route du retour pour manger un bout. Il a sa petite idée : une adresse située sur la frontière belgo-néerlandaise, sur le chemin vers Bruxelles, « l'E10 Hoeve », une ancienne ferme transformée en restaurant. C'est là que Maurice Lippens, Gilbert Mittler et quelques anciens de Fortis s'étaient arrêtés en 1990, de retour de la conférence de presse annonçant la fusion transnationale à l'origine du groupe, entre les Assurances Générales belges et l'Amev néerlandaise. Dix-sept ans plus tard, une trentaine de représentants de Fortis fêtent, autour de Maurice Lippens, le double vote qui les fait entrer dans l'histoire. Et c'est Gilbert Mittler, le financier, qui repart avec la facture.

Pour Maurice Lippens, la reprise d'ABN Amro représente le point d'orgue d'une brillante carrière qui touche à sa fin. À soixante-quatre ans, voilà le coup d'éclat dont il rêvait avant de tirer sa révérence. En rachetant ABN Amro, Fortis marque l'histoire et entre dans la cour des grands d'Europe. Ce n'est pas la revanche personnelle du comte sur ABN Amro et son patron Rijkman Groenink, auteur de la contre-OPA sur la Générale de Banque qui, dix ans plus tôt, força Fortis à surenchérir de 2,9 milliards d'euros [1]. Bien sûr, il ne déplaît pas au patron belge de moucher au passage l'insolent Néerlandais qui avait en plus rembarré ses approches en 2000. Tout comme Jean-Paul Votron ne s'émeut guère de la défaite de celui qui lui avait barré l'accès au comité de direction de la banque amstellodamoise, en 2001. Mais là n'est pas le sujet. Bien plus qu'une quelconque vengeance, la mainmise sur ABN Amro, glorieuse maison au passé prestigieux, est pour Maurice Lippens comme un

1. Pour contrer ABN Amro, Fortis a fini par porter son offre sur la Générale de Banque de 410 à 525 milliards de francs belges (ou 13 milliards d'euros). Soit une différence de 115 milliards de francs belges ou 2,85 milliards d'euros.

couronnement. Il était déjà le maître de la finance belge depuis l'absorption de la Générale de Banque par Fortis, ce qui lui valut au passage d'être fait comte par le roi Albert II pour services rendus à la patrie. Cette rare faveur nobiliaire lui permit d'égaler en rang son frère aîné, Léopold, qui pour sa part a hérité du titre familial. Mais avec ABN Amro, c'est un trône d'une autre importance qui se profile cette fois pour le président de Fortis. Maurice Ier, roi du Benelux.

« Il ne se passe jamais rien aux Assurances Générales »

C'est l'apothéose d'un parcours fulgurant, dont l'origine remonte à son arrivée au conseil d'administration des AG, où il entre en 1981 pour y représenter les intérêts de la famille. Il y remplace son oncle, Philippe Lippens, qui a dû s'y reprendre plus d'une fois avant de le convaincre d'entrer au conseil de l'assureur. Après des études de droit et un MBA à Harvard, Maurice est plutôt branché PME et se voit bien dans le capital à risque. Il s'y essaie d'ailleurs un moment en reprenant une entreprise de gros en électroménager. Mais la famille le rattrape et, à trente-sept ans, il entre par le haut aux Assurances Générales. Son oncle le prévient : « Tu verras, Maurice, il ne se passe jamais rien aux AG. » C'est ce qu'on allait voir. Mais Maurice Lippens n'est pas de ceux qui se contentent des confortables dividendes qu'octroie la vie à l'héritier d'une riche famille patricienne bien en cour.

Francophones de Flandre, les Lippens règnent en maître sur Knokke, la plus huppée des stations balnéaires belges, dont son frère Léopold est le bourgmestre depuis toujours ou presque, à la suite de son père Léon, le fondateur de la réserve naturelle du Zwin. Maurice Lippens aurait pu gérer paisiblement la Compagnie Le Zoute, promoteur immobilier tout-puissant à Knokke fondé par ses deux grands-parents, les cousins germains Raymond et… Maurice Lippens, dont la direction lui revient en 1983. Mais il en faut davantage pour satisfaire l'appétit de l'héritier homonyme. Knokke et la Compagnie familiale occuperont ses week-ends. La semaine, Maurice Lippens a mieux.

L'oncle Philippe avait raison, la compagnie des AG vit bien mais mollement. Maurice s'y ennuie très vite et prend les choses en main. En 1983, il est nommé administrateur délégué et impose un nouvel agenda à la maison, celui de la croissance. Les AG deviennent alors l'instrument des ambitions de Maurice Lippens. Tout s'enclenche en 1988, lorsque Carlo De Benedetti lance une OPA sur la Société Générale de Belgique, l'incontournable holding qui à l'époque a un doigt dans chaque grande entreprise du pays. Maurice Lippens saute sur l'occasion et pactise avec le groupe français Compagnie de Suez, premier actionnaire de la Générale de Belgique et, à ce titre, de la compagnie de Lippens. Ensemble, ils contrent avec succès l'OPA de l'Italien et, pendant que Suez fait main basse sur l'énergie belge, Lippens obtient l'autonomie qu'il voulait pour ses AG. Telle est pour l'essentiel la teneur de leur accord. La suite est une liste de fusions-acquisitions qui ne cesse de s'allonger. Fusion avec les Néerlandais d'Amev en 1990, prise de contrôle sur la Caisse Générale d'Épargne et de Retraite (CGER) en 1993 à l'occasion de sa privatisation, rachat de la Générale de Banque en 1998... Une vis sans fin. Le groupe décuple en dix ans. Rebaptisée Fortis dès 1991, appellation dont le principal intérêt est d'être asexuée linguistiquement, la maison Lippens est devenue un assureur important des Pays-Bas et surtout le premier groupe de banque et d'assurance en Belgique. La bancassurance, c'est le modèle de Maurice Lippens, dont il prône le potentiel de ventes croisées. Tout le monde ne le suit pas sur cette voie mais peu lui chaut : il voulait devenir le premier groupe financier du pays et il l'est devenu. En un temps record.

Fin des années 1990, début des années 2000, sa position lui vaut beaucoup d'inimitiés mais force en même temps le respect. Lippens n'est pas seulement une des plus grosses fortunes du pays, il est aussi l'un des Belges les plus influents. Il fréquente les réunions de la Commission Trilatérale ou du groupe de Bilderberg, think tanks réservés aux puissants de ce monde. On le retrouve dans les conseils de Total, Suez-Tractebel ou GBL, l'une des holdings du financier Albert Frère. Attaché aux couleurs nationales, il se taille une réputation de patron civique lorsque, avec Étienne Davignon, il lance en 2001 une nouvelle compagnie aérienne nationale, SN Brussels Airlines, pour faire oublier la faillite de la Sabena. Il donne aussi son nom en 2004 au nouveau code belge de gouvernance d'entreprise, une charte des meilleures pratiques destinées aux sociétés cotées en Bourse. Censé rénover la gestion des grandes entreprises belges, le « code Lippens » n'impose rien mais recommande l'application de grands principes généraux : intégrité des administrateurs, équité des rémunérations, égalité de traitement des actionnaires, transparence dans la communication…

Devenu président de Fortis en 2000, il y reste aussi présent que lorsqu'il en était le patron exécutif. La stratégie d'ensemble lui revient mais il garde également un œil sur la marche des affaires. Pour rester à la page, le comte tient audience dans son bureau jaune et dans le petit salon privé adjacent où il reçoit discrètement à déjeuner, au premier étage du 20 rue Royale. L'adresse est hautement symbolique et fait sa fierté. Jadis le siège de la « Vieille Dame », la Société Générale de Belgique, c'est désormais son antre. Sous ses fenêtres s'étale le panorama du pouvoir. Difficile de faire mieux. À droite, le palais royal, tout simplement. En face, le parc Royal avec, derrière les frondaisons symétriques, la rue Ducale et son enfilade d'hôtels particuliers appartenant pour certaines à de grandes entreprises du pays, dont Fortis. À gauche, la rue de la Loi et ses premiers numéros prestigieux : le Sénat, que son grand-père Maurice Lippens a présidé en son temps, la Chambre des Représentants, le cabinet du ministre des Finances et, bien sûr, le « Seize » où le Premier ministre a ses bureaux et réunit les membres de son gouvernement. On est ici au sommet de l'État et Maurice Lippens ne se lasse pas de cette vue. Elle signe son influence, sa puissance que personne n'ignore en Belgique.

Gestuelle et langage un rien précieux, regard tombant : le « style » Maurice Lippens en irrite beaucoup. Il est vrai qu'il lui arrive d'être méprisant. Plus d'une fois, il laissera son auditoire médusé par des interventions publiques cassantes, y compris envers ceux qui sont censés être ses alliés. La petite phrase assassine, Lippens la maîtrise plutôt bien. Au fond, il est très seul en affaires. « Pour un président d'entreprise ou un administrateur délégué, les amis c'est très bien mais, quand on se retrouve des deux côtés d'une même table, on défend l'entreprise avant ses amis », assène-t-il un jour dans un entretien au quotidien *Le Soir*. Pas touche à Fortis, sa créature passe avant tout. Et tant pis pour ceux qui se dressent sur son chemin. Il connaît la solitude des puissants. Mais l'aristocrate est surtout un grand stressé, un éternel inquiet. Si ça va bien aujourd'hui, ça ira mal demain : Maurice Lippens guette toujours le pire au coin de la rue. Jamais sûr de rien, il consulte dix fois plutôt qu'une, vérifie, hésite, revérifie. C'est pour cela que le président passe ses semaines chez Fortis à multiplier les tête-à-tête. Il veut recueillir un maximum d'avis, pour recouper et s'assurer qu'il ne manque rien d'important. Il approche les affaires comme une partie d'échecs : anticiper les coups suivants est son obsession. D'où sa propension à tout ressasser en permanence. Les réflexions qui lui sont livrées au cours de ses colloques singuliers peuvent le poursuivre pendant des jours et des nuits. Qui a dit quoi à quel moment, Maurice Lippens n'oublie jamais rien.

Ainsi du bon mot lancé un jour par le Néerlandais Jan Slechte lors d'une réunion du conseil d'administration : « Notre problème chez Fortis, c'est que nous sommes mondialement connus… dans le Benelux. » Le conseil avait bien ri mais le président, lui, en a surtout retenu la justesse. C'est pour changer la donne que Maurice Lippens a recruté Jean-Paul Votron, pour faire grandir sa créature, lui donner la stature internationale qui lui manque. Fortis, star en Belgique, est aussi un acteur dominant au Luxembourg et bien présent aux Pays-Bas, mais son influence s'arrête là. Pour son fondateur, c'est un vrai sujet de stress : trop court à l'heure des consolidations et des premières grandes fusions européennes, trop risqué aussi quand il manque un noyau actionnarial dur susceptible d'écarter les prédateurs. Avec ABN Amro, cela va enfin changer. Bien sûr, racheter la banque néerlandaise ne va en rien développer Fortis hors du Benelux, au contraire. Mais avec le trésor ABN Amro dans les soutes, Fortis devient un puissant navire, digne de la Compagnie des Indes à ses grandes heures, un vaisseau amiral avec lequel il va falloir désormais compter en Europe. Cette métaphore historique plaît au comte Lippens, qui la sert volontiers dans ses interviews. Filant la métaphore, il s'imagine parfois dans la peau de Guillaume Ier, roi des Pays-Bas et grand-duc de Luxembourg auquel le Congrès de Vienne attribua aussi la Belgique. Maurice Ier, roi du Benelux. C'est pour rire évidemment, mais l'image n'est pas pour déplaire au président de Fortis, qui la suggère lui-même à l'occasion, comme en cette fin d'année 2007 où, fidèle à son habitude, il choisit avec soin la carte de vœux qu'il adresse à ses contacts, non sans l'accompagner d'un commentaire personnalisé. Cette fois-ci, le comte a fait reproduire une estampe qu'il connaît très bien puisqu'elle orne les murs de son bureau. « La Joyeuse Entrée de Guillaume Ier d'Orange-Nassau à Bruxelles, en 1815 », par Jean-Baptiste Le Roy (1771-1862). Dans son long manteau de velours rouge ourlé d'hermine, le monarque s'engage sur la place Royale en direction de la rue du même nom, sous les vivats du bon peuple. À l'avant-plan, les cabrioles d'un chien et les jeux des enfants allègent vaguement le sérieux protocolaire d'un tableau historique. Au dos de l'illustration figurent les raisons de ce choix plutôt pointu mais qui ne doit rien au hasard : « Le roi Guillaume Ier d'Orange-Nassau contribua à la fondation, dans les années 1820, de trois sociétés qui devinrent par la suite AG 1824, la Générale de Banque et ABN Amro. Ces trois entreprises se retrouvent en 2007 au sein de Fortis. Meilleurs Vœux pour l'Année Nouvelle. » Signé : Maurice Lippens, président de Fortis.

4

La fin de l'insouciance

Quoi de plus romantique que les bords de la Moselle et le chapelet de petits villages qui s'égrènent au-delà de Trèves, la plus romaine des cités allemandes. En cette fin du mois de juillet 2007, Peter Praet, l'un des huit membres du comité de direction de la Banque nationale de Belgique, s'accorde une pause dans ce décor bucolique. Un moment d'insouciance après une période de grand stress.

Longue silhouette, barbe poivre et sel, tutoiement facile, un air faussement désinvolte, Peter Praet détonne dans le monde des banquiers centraux. Cet économiste de haut vol, dont le bureau, la table, les fauteuils, le tapis sont envahis de piles de rapports, de documents, d'études, de journaux, de statistiques, s'est taillé une solide renommée lorsqu'il était l'économiste en chef de la Générale de Banque puis de Fortis, entre 1987 et 1999. Incontestablement doué pour expliquer en peu de mots une situation économique compliquée, il est un habitué des médias belges. Avec un père gantois, une mère allemande, une scolarité francophone, il est à l'aise de n'importe quel côté de la frontière linguistique.

Les journalistes perdent ce bon client en 1999, lorsqu'il devient pendant quelques mois le chef de cabinet du ministre des Finances, le libéral francophone Didier Reynders. Cette fonction est l'antichambre d'un poste qu'il convoite : celui de directeur de la Banque nationale de Belgique, ce qu'il devient en novembre 2000. Sa boulimie et sa passion pour l'analyse des systèmes financiers auraient même pu le mener à Francfort, au directoire de la Banque centrale européenne, en 2004. L'Espagnol José Manuel Gonzalez-Paramo et lui se partageaient le même nombre de voix. Mais le candidat espagnol, qui avait pu bénéficier des suffrages des grands pays, l'avait emporté.

Parmi ses nombreuses fonctions, Peter Praet préside le comité de surveillance bancaire de la Banque centrale européenne, forum au sein duquel les banquiers centraux confrontent les informations qui peuvent être importantes pour la stabilité financière de l'Europe. Or, depuis le printemps, le système bancaire mondial est malade. En juin, présentant un rapport sur la stabilité financière de la Belgique devant un parterre de journalistes, Peter Praet avait insisté pour la première fois sur la fragilité potentielle des banques en général, et des banques belges en particulier. « Elles doivent fondamentalement changer la gestion de leurs liquidités », dit-il, ajoutant : « D'un point de vue sociétal, les banquiers sont allés trop loin. »

En cette fin du mois de juillet, à peine Peter Praet est-il arrivé en Allemagne que son mobile sonne sans relâche. Les marchés financiers sont à nouveau pris de violents hoquets. Le banquier central passe sa journée en communication avec Francfort, le siège de la Banque centrale européenne.

Les vacances du gouverneur de la Banque nationale de Belgique sont également secouées. Guy Quaden a conservé deux héritages de ses origines liégeoises : un accent savoureux et une passion pour le Standard, club de football local. Cet ancien professeur d'économie à l'Université de Liège, qui n'a jamais caché ses amitiés socialistes, est parti en famille. Il est à Fort Lauderdale pendant quinze jours pour profiter du soleil de Floride. Dans les premiers jours d'août, alors qu'il se promène sur la plage il reçoit une communication de Jean-Claude Trichet, le président de la Banque centrale européenne. Les nouvelles sont graves : le marché monétaire, celui qui permet aux banques de se financer, s'est arrêté.

À Bruxelles, Jean-Paul Servais, le président de la CBFA (Commission bancaire, financière et des assurances), qui est à la fois le gendarme des marchés financiers et le contrôleur prudentiel des banques, réunit ses troupes. Et, tel un médecin qui branche un moniteur cardio-respiratoire à un patient mal en point, il demande que les banques belges lui envoient désormais un rapport quotidien sur l'état de leurs liquidités.

La crise des subprimes, ces crédits immobiliers américains à haut risque, vient d'infester le système bancaire européen.

La fête à crédit

Les subprimes ! Aujourd'hui encore, on ne peut pas prendre la mesure de cette folie qui, de 2000 à 2007, a aveuglé le marché financier mondial. La crise a pour origine un sentiment d'euphorie, nourri par des années de hausse continue des prix immobiliers aux États-Unis. Entre mars 1997 et juin 2006, l'indice Case Shiller, qui donne la tendance des prix des logements dans les principales villes du pays, progresse mois après mois, à deux exceptions près. Chaque année, la hausse atteint 12 % en moyenne. Dans quatre États du Sud, les « sand states » (les États de sable), la Californie, la Floride, le Nevada, l'Arizona, elle est presque de 20 % par an. Dans ces États, une population d'origine hispanique, peu aisée, en augmentation croissante, cherche à devenir propriétaire. Dans un pays qui n'a jamais connu de vraie baisse de l'immobilier depuis la grande dépression des années 1930, l'immobilier résidentiel ressemble alors à la poule aux œufs d'or. Les ménages américains déjà propriétaires voient leur patrimoine augmenter, et ils disposent de mécanismes qui leur permettent d'en tirer profit. Ils ferment leur ancien prêt immobilier et en contractent un nouveau sur un montant plus important, toujours gagé sur leur maison, qui a pris davantage de valeur.

Ces crédits immobiliers et ces refinancements sont aidés par la spectaculaire baisse des taux américains. De 2000 à 2003, le taux directeur de la Réserve fédérale américaine tombe de 6,5 à 1 %.

Les crédits supplémentaires, obtenus grâce à la hausse des prix immobiliers, constituent l'un des principaux soutiens de la consommation des ménages et de la croissance de l'économie américaine dans les années 2000. Certaines années, 800 milliards de dollars viennent ainsi alimenter l'économie.

Les Américains qui ne sont pas propriétaires veulent le devenir afin de profiter de cette manne, eux aussi. Et l'accession à la propriété est aisée : les courtiers proposent des prêts, même à ceux qui n'en ont pas les moyens, en fermant les yeux sur leur situation financière. Ils ne demandent souvent aucun document prouvant le niveau du salaire ou le montant de l'épargne. Ces prêts « non documentés », on les appelle des *subprimes*, afin de les distinguer des prêts *prime*, de bonne qualité.

Les banques ne sont pas inquiètes. Si l'emprunteur vient à faire défaut, il leur est facile de se retourner contre lui et de vendre son logement plus cher qu'il ne l'a acheté. L'écart de prix suffit à rembourser le principal, les intérêts et les frais de dossiers.

Dans les sand states, des cueilleurs de fraises mexicains au salaire annuel de 14 000 dollars peuvent devenir propriétaire de villas qu'ils ont acquises pour plus de 700 000 dollars. Certains de ces nouveaux propriétaires revendent leur maison au terme d'un an ou deux, encaissent la plus-value de 50 000, 100 000 ou 200 000 dollars, et acquièrent une nouvelle maison, plus chère. Ce système tient, tant que les prix immobiliers sont mus par une hausse continue.

Il fonctionne d'autant mieux que, pour éviter d'étrangler immédiatement leurs victimes, banques et courtiers en crédits ont mis au point des mécanismes qui rendent la charge de l'emprunt supportable pendant les premières années, même pour les ménages désargentés.

L'histoire de Joe, peintre en bâtiment de soixante-six ans à Minneapolis, est édifiante. Il contracte un emprunt de 182 000 dollars en 2006. Normalement, il aurait dû payer 1 300 dollars par mois. On lui permet d'ajuster ses remboursements et de ne verser mensuellement que 565 dollars. Le solde de ces intérêts non encore payés vient gonfler sa dette. Un an et demi plus tard, sa dette n'est plus de 182 000 dollars, mais de 192 000 dollars. Et le contrat, que Joe n'a jamais compris, stipule que si sa dette atteint 212 000 dollars, sa charge d'intérêt mensuelle flambe à 2 800 dollars. Le cynisme des acteurs de ce marché est effrayant : ils appellent ces prêts à taux ajustables, qui représentent en 2007 plus de 80 % des subprimes, des « bombes à neutrons ». Ils en ont l'effet : après deux ou trois ans, la maison est toujours là, mais il n'y a plus personne dedans.

Favorisée par tous ces éléments, l'explosion est extraordinaire : entre 2000 et 2007, l'encours des subprimes, ces crédits à risque, bondit de 130 milliards à 1 000 milliards de dollars, soit 10 % du total des crédits immobiliers américains. À cela s'ajoutent 1 000 milliards de dollars de « alt-A », des prêts d'à peine meilleure qualité... Mais ces subprimes commencent à alourdir les bilans : à chaque nouveau crédit accordé, la banque doit en effet mettre une partie de son capital en réserve. Pour continuer à vendre de nouveaux crédits, les banques vont, avec l'aide des banques d'affaires de Wall Street, se défaire des anciens, les regrouper et les revendre sous formes d'obligations à de nombreux investisseurs dans le monde.

Elles n'éprouvent aucune difficulté à placer ces obligations car de nombreux investisseurs, qui se sont enrichis grâce à la globalisation de l'économie, sont à la recherche de placement. Ils viennent des pays développés, des pays exportateurs de pétrole, de matières premières, ou encore de Chine, qui accumule grâce à ses exportations d'énormes réserves en dollars.

Ces banques, fonds spéculatifs, compagnies d'assurances, fonds de pension..., ferment les yeux sur la qualité de ces milliards d'obligations qui leur sont proposées. Leur fringale s'explique aussi par des aberrations réglementaires. Aux États-Unis par exemple, les agences hypothécaires ou les caisses d'épargne sont tenues de financer en partie le logement des plus défavorisés. Et elles trouvent plus pratique d'acheter ces obligations adossées à des crédits subprime, que de s'engager elles-mêmes dans des crédits à ces populations.

Ces obligations rapportent en outre plus que les obligations d'État. Et elles sont si joliment emballées que le marché ne les considère pas du tout comme toxiques, mais comme tout à fait comestibles : les banques d'affaires, avant de les revendre, effectuent un impressionnant travail de charcuterie. Elles saucissonnent ces crédits en tranches de qualités différentes. Les investisseurs qui achètent la tranche de très bonne qualité seront les premiers à être payés et remboursés. En revanche, ceux qui investissent dans les tranches inférieures courent davantage le risque d'un défaut. En contrepartie, ils perçoivent un taux d'intérêt supérieur.

Les agences de notation financière, Moody's, Standard and Poor's ou Fitch, jouent un rôle majeur dans ce travail, car leurs notes rassurent les investisseurs. Elles attribuent la note triple A aux tranches supérieures, ce qui signifie que le risque que ces obligations fassent défaut est aussi peu élevé que pour une obligation émise par l'État allemand, français ou américain.

Pour établir cette classification, les agences analysent les statistiques de défaillances des 15, 20 ou 25 années précédentes. Or, pendant ces années, l'immobilier n'a cessé de monter. Ces statistiques sont très flatteuses sur la capacité des Américains à rembourser leurs dettes. Les modèles sur lesquels on établit la qualité des obligations sont en réalité biaisés.

Les agences de notation et les banques d'affaires vont aussi commencer à entretenir des relations suspectes. Tout ce travail de « titrisation », c'est-à-dire de regroupement de crédits immobiliers, de saucissonnage, de notation, est surtout pratiqué par les cinq banques d'affaires américaines et les trois grandes agences de notation. Or les commissions que touchent les agences de notation sur ces opérations deviennent considérables. En 2006, la notation des crédits structurés représente 800 millions de dollars de revenus pour Moody's, soit 80 % du total de ses activités de notation.

Chacun des acteurs de l'économie américaine a donc intérêt à préserver la mécanique du subprime : les ménages, qui y gagnent en capacité de crédit ; les courtiers et les agents immobiliers, qui voient leurs affaires croître sans comparaison avec les décennies précédentes ; les banquiers d'affaires et les agences de notation, qui touchent d'imposantes commissions ; et les investisseurs, qui ont la possibilité d'acquérir des obligations sans risque, mais plus rémunératrices que les emprunts d'État.

La machine se grippe

Le vent commence à tourner en juillet 2006. Après avoir atteint un pic en juin, les prix des logements commencent à tomber. La machine s'enraye alors très rapidement. Le premier signal de détresse est lancé le 7 février 2007 par la banque sino-britannique HSBC. Elle est obligée, dans son résultat 2006, d'augmenter en catastrophe de 2 milliards de dollars le montant de ses provisions en raison du brusque dérapage de sa filiale américaine spécialisée dans les crédits subprime. Sans connaître encore l'ampleur du drame (plus de 3 millions de procédures de saisies seront entreprises en 2008 aux États-Unis), on assiste déjà, dans les derniers mois de 2006, à l'explosion du nombre de ménages qui ne peuvent plus payer leurs traites.

Ce dérapage va de pair avec celui des modèles sur lesquels les agences de notation avaient établi la qualité des obligations qui avaient été vendues partout dans le monde. En juillet 2007, Moody's, Fitch et Standard and Poor's annoncent qu'elles s'apprêtent à abaisser la note de centaines de lignes d'emprunts adossés à ces crédits immobiliers. Les notations devenant suspectes, le marché ne veut plus toucher à ce type de titres. La valeur de ces obligations commence à s'effondrer. Deux fonds spéculatifs d'une banque d'affaires américaine, Bear Stearns, subissent des pertes terribles et sont gelés.

Toujours en juillet, l'onde de choc atteint l'Europe. IKB, une banque allemande, avait logé dans une société qui n'apparaissait pas dans son bilan un paquet de 10 milliards d'euros de crédits structurés. Ce véhicule, Rhineland, finançait son portefeuille de crédits structurés par des dettes à court terme : cela avait l'avantage de coûter moins cher, car les taux courts sont généralement meilleur marché. Mais ce financement doit être renouvelé sans cesse. Or les problèmes de Rhineland jettent soudain une grande suspicion sur toutes ces dettes à court terme émises par les véhicules hors bilan des banques, qui détiennent des crédits structurés. Et il y en a des centaines. Plus personne ne veut prêter à ce type de sociétés. Les banques doivent commencer à rapatrier dans leurs bilans ces actifs de plus en plus toxiques, et doivent les financer.

C'est à ce moment que le marché monétaire, celui du financement à court terme, se grippe. Face à cet effet domino, le 2 août 2007, le président de la Bafin, le gendarme financier d'outre-Rhin, s'exclame faire face à la « pire crise bancaire depuis 1931 ». Tous les banquiers centraux européens sont donc sur le pont au début du mois d'août.

Le 9 août, alors que BNP Paribas décide de geler tous les retraits de trois de ses fonds d'investissements, dont la valeur a baissé de 20 % au cours des deux semaines précédentes, et tandis que les bourses chancellent, la Banque centrale européenne injecte dans le système monétaire 94,8 milliards d'euros.

Mais les banques centrales ne réussissent pas à étançonner un marché qui se lézarde. En septembre, la banque britannique Northern Rock, très exposée au marché immobilier, doit faire appel à une ligne de crédit d'urgence de la Banque d'Angleterre. On l'apprend. La nouvelle provoque la panique des clients, qui retirent leurs dépôts en masse. La banque sera nationalisée six mois plus tard.

Le 31 octobre, nouveau coup de semonce : ce jour-là, une élégante mais obscure analyste d'une modeste firme de courtage new-yorkaise, Meredith Whitney, émet un avis détonnant sur Citigroup, le géant bancaire américain. Elle ose dire tout haut ce que Wall Street pense tout bas : Citigroup, le géant bancaire américain fortement exposé aux crédits immobiliers, doit se décider à vendre rapidement certaines filiales, et à ne pas payer de dividende sous peine de devoir renflouer son capital de 30 milliards de dollars. L'annonce est un choc : la bourse américaine chute de 3 % et efface en un jour 360 milliards de dollars de capitalisation boursière. Quatre jours plus tard, Chuck Prince, le patron du groupe américain, donne sa démission.

Fin décembre, la situation s'aggrave. Déjà en temps normal, la fin de l'année est une période délicate pour trouver à se financer : les institutions financières et les grandes sociétés rapatrient leurs liquidités, afin de clore l'année sur un bilan le plus solide possible. Or, avec la méfiance qui s'est installée dans le marché au fil des mois, les banques qui ont besoin de liquidités pour tenir leurs engagements éprouvent de plus en plus de mal à les trouver. Les grandes banques centrales, américaine, canadienne, suisse, japonaise, anglaise, européenne, annoncent une action concertée pour fournir ces liquidités manquantes.

Au début 2008, la crise de liquidités commence à toucher particulièrement les banques d'affaires. Elles sont en effet les institutions les plus fragiles : car si les banques commerciales peuvent encore trouver de l'argent auprès des déposants qui leur font confiance, les banques d'affaires n'ont pas d'autres sources pour financer leur business que le marché des capitaux. La première banque d'affaires à tomber, à la mi-mars, est Bear Stearns, qui obtient in extremis un emprunt d'urgence de la Réserve fédérale américaine, et est rachetée par JP Morgan Chase. Mais les autres suivent : Lehman Brothers tombe en faillite à la mi-septembre, pendant que Merrill Lynch est acquise par Bank of America. Et, une semaine plus tard, les deux survivantes, Morgan Stanley et Goldman Sachs, s'empressent d'abandonner leur statut de banques d'affaires afin d'avoir le droit de s'abreuver aux lignes de crédits de la banque centrale américainc. En six mois, Wall Street perd tous ses fleurons. Un modèle financier s'est écroulé.

5

LE MENSONGE

Jeudi 23 novembre 2006. Dans la salle des Rois au rez-de-chaussée du 20 rue Royale, siège de Fortis, les membres du *Merchant Bank Risk Committee* se réunissent sous le regard solennel des souverains belges dont les portraits ornent les murs. Filip Dierckx, patron de la banque d'affaires et d'investissement, a rassemblé ses responsables commerciaux et ceux de la gestion des risques. À l'ordre du jour, une question importante : doit-on, oui ou non, revoir à la hausse les montants maximum autorisés pour la construction de CDO *(collateralised debt obligations)*, ces obligations structurées garanties par des créances ? C'est par le biais de ces titres financiers complexes que les banques ont disséminé dans le marché les emprunts hypothécaires à risque, les crédits subprime.

Depuis l'été 2005, Fortis dispose d'une unité spécialisée dans les investissements en CDO, équipe qu'elle a débauchée à la Société Générale et logée dans sa filiale new-yorkaise. L'objectif n'est pas seulement d'investir dans ces produits, mais aussi d'en fabriquer. La technique consiste à acheter dans le marché des titres adossés à des actifs, des crédits subprime en l'occurrence, de les agglomérer au sein d'une structure pour ensuite la revendre en partie au marché sous la forme d'une obligation découpée en tranches plus ou moins risquées. L'activité peut s'avérer rémunératrice mais n'est pas sans danger : la phase de fabrication (dite de *warehousing*) mobilise des moyens importants pour acheter les morceaux du puzzle et concentre le risque financier chez le fabricant tant que celui-ci n'a pas trouvé acheteur pour son produit fini. La structuration de CDO fait pourtant partie de ces créneaux retenus par Fortis pour doper les bénéfices de sa *Merchant Bank*, la division qui tire la croissance du groupe. Ce faisant, le groupe ne fait qu'imiter la majorité des banques, soucieuses de soigner leur rendement.

Fin 2006, la volonté chez Fortis est de consacrer davantage de moyens mais encore faut-il que les gardiens de la gestion du risque donnent leur accord. D'où cette réunion du 23 novembre 2006, dont l'enjeu se chiffre en milliards d'euros. Autour de l'imposante table de la salle des Rois, deux tendances s'affrontent, deux écoles du risque. La nouvelle vague pense « risques de marchés », mouline des modèles mathématiques, brasse les statistiques historiques et se fie aux ratings des agences de notation, censés évaluer la solidité des emprunteurs. L'ancienne garde, elle, pense « risques de crédits », défend l'approche classique qui n'octroie pas une ligne sans étudier le dossier, sans en évaluer le risque sous-jacent. La première école, introduite chez Fortis par le consultant Mercer Oliver Wyman, a pris le dessus dans la *Merchant Bank*, où elle est portée notamment par Luc Henrard, le responsable des risques au niveau du groupe. La seconde s'est fait déborder par la première, qui l'assimile ouvertement à l'ancien régime, celui des banquiers du XIXe siècle. Mais Philippe Triest, en charge des risques de crédits et chef de file de la méthode classique, connaît son métier comme personne et ne lâche pas facilement prise. Si son nom ne dit rien en dehors de la banque, l'homme n'en est pas moins « le » spécialiste des crédits, connu comme le loup blanc. Ou plutôt le tigre royal : un de ses collaborateurs lui a un jour trouvé ce surnom qui lui colle à la peau. Dans les comités de crédits qu'il préside, il écoute les uns et les autres défendre leurs dossiers, imperturbable. Mais gare aux projets mal ficelés, le coup de patte du chef peut se révéler fatal.

Les CDO, les crédits subprime, Philippe Triest s'en méfie comme de la peste. Il ne se fait pas prier pour le dire une nouvelle fois en ce 23 novembre 2006, s'appuyant en particulier sur le travail fouillé qu'il a confié à l'une de ses collaboratrices, Sylviane Delcuve. Leurs conclusions sont limpides : il serait trop risqué de s'engager aussi tard sur ce marché américain que Fortis connaît mal. Si le marché des

CDO venait à se gripper en effet, ce que beaucoup anticipent, le groupe pourrait se retrouver en situation de ne plus pouvoir revendre sa camelote à personne, prévient Triest. C'est exactement ce que, un mois plus tôt, des économistes de son département avaient fait valoir lors de présentations, en interne ou devant des clients, sous le titre évocateur *Ketchup risk*. Leur pronostic : le jour où le problème du subprime éclatera, tout sortira d'un coup.

Après de longues discussions, la décision est prise ce 23 novembre 2006 d'autoriser l'engagement de fonds supplémentaires dans la construction de CDO. Le plafond global passe ce jour-là de 4,8 milliards à 7,7 milliards d'euros. Pour compenser la prise de risque supplémentaire, il est toutefois convenu de maintenir inchangée la « stop loss ». Ce mécanisme de limite à la baisse est censé déclencher la vente d'une position lorsque la perte atteint un montant déterminé, 20 millions d'euros en l'occurrence. Vu l'importance des montants en jeu et l'avis réservé du département crédits, il est également décidé, comme le prévoit la procédure, de soumettre ces dispositions au niveau supérieur. Avant d'engager les fonds, l'opération devra être validée par le « comité de politique de crédit », instance présidée par Luc Henrard, numéro un de la gestion des risques à l'échelle du groupe. En attendant, plusieurs « banquiers du XIXe siècle », dont Philippe Triest, sont affectés à d'autres responsabilités.

Un mois plus tard, le 21 décembre 2006, ledit comité confirme les décisions prises fin novembre, en l'absence du principal intéressé. Luc Henrard, patron des risques pour quelques jours encore, se trouve en effet à Singapour où il se prépare à sa nouvelle affectation. Au 1er janvier, il deviendra le patron de la zone Asie et sera remplacé à la tête de la gestion des risques par Karel De Boeck, dont la nomination a été annoncée deux mois plus tôt. Le 21 décembre, l'ancien *chief risk officer* est donc déjà parti alors que le nouveau n'est pas encore en fonction. Au cours de la réunion cependant, il est mentionné que Filip Dierckx et Luc Henrard auraient « déjà approuvé » la nouvelle donne, comme le stipule le procès-verbal…

Une limite ? Quelle limite ?

Il ne faudra pas attendre très longtemps pour que la *stop loss* soit atteinte. En février 2007 déjà, le seuil est largement dépassé. Le marché des CDO prend alors un gros coup dans l'aile quand le géant bancaire HSBC prévient, le 7 février, que ses résultats annuels 2006 vont pâtir des difficultés rencontrées par sa division de prêts hypothécaires. Chez Fortis, Sylviane Delcuve constate dès la fin février que les pertes dépassent largement la limite prévue mais que la *stop loss* n'a pas été enclenchée [1].

1. Une note confidentielle du 22 juin 2007, émanant de la division américaine « Fortis Securities LLC US Structured Credit » et destinée

Ses demandes d'explication restent sans réponse. Filip Dierckx et les responsables de la salle des marchés ont effectivement laissé filer. Dans leur esprit, c'est du moins ce qu'ils défendront après coup, la *stop loss* n'est pas une limite absolue mais un clignotant à surveiller. Or tout reste sous contrôle, se persuadent-ils. Le marché va se remettre, il sera toujours temps d'en sortir plus tard. Et puis on ne se défait pas aussi facilement d'un CDO en plein chantier comme on liquide une position quelconque sur une devise ou une action. Enfin, la salle des marchés dans son ensemble réalise de très bons chiffres en ce début d'année, les résultats engrangés dans d'autres secteurs dépassent de loin les prévisions ; au pire, une perte de quelques dizaines de millions d'euros du côté du subprime sera plus que neutralisée. Sûrs de leur coup, ils décident de ne pas activer la *stop loss*. Un document daté du 15 mars 2007 et émanant de la salle des marchés assure même que la limite n'a pas été atteinte. Selon cette note, la perte estimée s'élève pourtant à 45 millions de dollars (sur un total de 1,7 milliard engagé alors en *warehousing*) mais elle est partiellement compensée par des couvertures ramenant l'ardoise à 17 millions de dollars, soit sous la limite. Quoi qu'il en soit, la suite démontrera que les

au « Central credit committee » de Fortis, justifie la non-activation de la *stop loss*. La note assure qu'il ne s'agissait pas d'une limite pure et dure mais d'un signal appelant une réévaluation de l'activité.

protections dont Fortis a pu se doter n'ont manifestement pas eu l'effet escompté.

Telle était la crainte de Karel De Boeck, à peine nommé à la tête de la gestion centrale des risques. Lors d'une visite à New York début février 2007, il découvre les risques encourus par Fortis pendant la période de fabrication de ces CDO : si le groupe ne trouve pas acheteur pour ces portefeuilles une fois constitués, il restera bien seul avec sa montagne de crédits à risque sur les bras. De Boeck songe alors à changer la donne mais bute sur plusieurs obstacles. D'abord, des engagements contractuels ont été pris envers les futurs acquéreurs des CDO et le spectre de ruineuses actions en dommages et intérêts à l'américaine est brandi lorsque l'abandon de l'activité est évoqué. Ensuite, le numéro un de la gestion des risques vient à peine de prendre ses nouvelles fonctions après avoir perdu la direction de la branche PME *(Commercial Bank)*, passée sous le contrôle de Filip Dierckx. Les deux hommes se détestent cordialement et, dans un premier temps, De Boeck ressent ce transfert de compétences comme une gifle. Lui qui se voit volontiers à la tête du groupe, le voilà sans responsabilité opérationnelle. Les relations entre les deux dirigeants n'en sont que plus compliquées encore, car toute intervention de l'un sur le territoire de l'autre s'en trouve suspecte. Enfin et surtout, la gestion centrale des risques n'est plus que l'ombre d'elle-même chez Fortis. Quand Jean-Paul Votron a été nommé à la tête de l'entreprise, fin 2004, il a rapidement voulu intégrer des *risk officers* dans les métiers mêmes, sous la responsabilité directe des patrons de division. Du coup, le contrôle des risques a perdu en indépendance face à la pression commerciale tandis que la fonction centrale s'est vue marginalisée, vidée de son contenu.

En attendant, avertissements ou pas, rien n'arrête la machine. Les mois passent, les CDO s'accumulent mais plus personne ne les achète. Le marché se referme et la valeur de revente de ces produits se dégrade inexorablement. Or, ces pertes de valeur n'apparaissent nulle part dans les tables de Fortis. Ce n'est que fin juin 2007 que l'on comprendra pourquoi : s'étonnant de l'optimisme intact des gestionnaires de la salle des marchés, Sylviane Delcuve mène son enquête. Selon elle, les CDO ne sont pas valorisés à la valeur de marché *(mark-to-market)* mais selon une méthode maison *(mark-to-model)* qui ne tient pas pleinement compte de la dégradation pourtant manifeste de l'environnement. Ce n'est pas interdit mais cela fausse les calculs. Et cela n'empêche pas Karel De Boeck de convoquer dans la foulée, le 3 juillet 2007, une réunion générale sur le dossier subprime. Tous les responsables du risque se retrouvent dans la salle « M » au sixième étage du bâtiment de la rue du Marais, y compris Jimmy Frischling, le responsable de l'équipe new-yorkaise recrutée chez Société Générale pour développer les activités de structuration de crédits chez Fortis. On convient ce jour-là de ne plus entamer de nouveaux CDO. Dans les jours qui suivent, lors du « comité de provisions », il est en outre décidé d'intégrer dans les résultats du second trimestre au 30 juin une provision de 88 millions d'euros pour les pertes estimées sur le portefeuille de CDO. Le communiqué détaillant les résultats au 30 juin n'en dira rien.

Motus et bouche cousue

Au total, Fortis a fabriqué pour 6,5 milliards d'euros de CDO, dont l'essentiel lui reste sur les bras. En août 2007 en effet, le marché est mort. Plus personne ne veut mettre un dollar dans ces produits difficiles à décortiquer et dont le niveau de risque réel saute désormais aux yeux. Le sujet remonte tout en haut chez Fortis pendant l'été 2007 et aussi bien le comité exécutif que le conseil d'administration se penchent sur le dossier subprime. Gérants et administrateurs disposent d'un tableau récapitulant l'exposition du groupe au marché hypothécaire à risque américain. Le décompte au 28 août 2007 affiche un total de 5,7 milliards d'euros détenus en CDO, dont 1,25 milliard de type « Mezzanine », soit la tranche la plus vulnérable de son portefeuille car touchée en premier lieu par le non-remboursement des crédits hypothécaires sous-jacents. À l'époque, personne ne sait encore ce que seront les pertes réelles sur ces portefeuilles, mais il devient clair que la tranche dite « Mezzanine » ne sortira pas indemne de la crise et que le dossier est à suivre de près.

Et pourtant, rien ne filtre de ces difficultés nouvelles. Au contraire, le 21 septembre 2007, soit le jour où s'ouvre son augmentation de capital nécessaire au rachat d'ABN Amro pour un montant record de plus de 13 milliards d'euros, Fortis publie « une mise à jour concernant la bonne gestion de l'exposition au risque ». Le groupe ne chiffre pas son exposition au subprime mais se contente de signaler qu'il y est « exposé dans une certaine mesure », tout en soulignant la grande qualité des produits d'investissement liés au subprime qu'il détient. Vient ensuite le passage principal du document, celui que tout le monde attendait : « Selon les prévisions, l'impact sur les résultats de Fortis sur l'ensemble de l'année 2007 devrait être marginal [...]. Même si la crise actuelle des subprimes s'accentuait de 20 % supplémentaires, l'impact non linéaire supplémentaire sur le bénéfice net devrait s'élever à 20 millions d'euros selon les estimations. » Tout est dans la formulation : la mention d'un impact « supplémentaire » suppose un précédent (les 88 millions d'euros provisionnés fin juin) mais dont Fortis ne dit toujours rien. Les 20 millions d'euros sont donc le seul montant connu des investisseurs. Un non-problème. Les actionnaires souscrivent à l'augmentation de capital.

Le 11 octobre 2007, Fortis clôture sa levée de fonds historique et se félicite de son « succès extraordinaire ». Le même jour, une redistribution des cartes est annoncée au sommet du groupe. Entre autres glissements, Karel De Boeck est nommé vice-président du comité de direction d'ABN Amro et devient donc officiellement chargé de l'intégration de la banque néerlandaise, sujet qui mangeait l'essentiel de son temps depuis six mois déjà. « Les responsabilités actuelles de Karel De Boeck seront réattribuées ultérieurement », glisse le communiqué. À peine nommé, voilà le nouveau patron des risques réexpédié ailleurs, sans successeur. Un mois plus tard, le 5 novembre 2007, la réorganisation de la direction du groupe se précise mais la fonction de *chief risk officer* reste une case vide. « À pourvoir », stipule le nouvel organigramme… Le poste sera finalement attribué le 21 décembre à Fred Bos.

Entre-temps, le 8 novembre 2007, Fortis publie ses résultats financiers au troisième trimestre et situe enfin la taille de son portefeuille de crédits structurés : 53 milliards d'euros, dont « moins de 10 % » de CDO exposés au subprime. Le groupe précise aussi qu'il prévoit pour la fin de l'année une exposition nette de 400 millions d'euros pour les tranches susceptibles d'être touchées en premier (« Mezzanine »), ce qui signifie qu'une réduction de valeur de 800 millions d'euros est alors anticipée. Ce que le communiqué ne dit pas, c'est que 324 millions d'euros sont d'ores et déjà provisionnés au troisième trimestre. L'action Fortis lâche 7 % ce jour-là mais les investisseurs ne sont pas au bout de leurs surprises. Le 7 mars 2008, lors de la publication des résultats annuels, ce sont 2,75 milliards d'euros qui sont passés en provisions pour le seul quatrième trimestre. Au total, le subprime ampute le bénéfice 2007 de 3 milliards d'euros. S'ajouteront encore en 2008 334 millions d'euros au premier trimestre et 475 millions au second. La facture finale du subprime pour Fortis est salée : 4 milliards d'euros.

6

RIEN NE VA PLUS, TOUT VA BIEN

Février 2008. Maurice Lippens est inquiet. Depuis quelque temps, Fortis ne tourne plus comme il le voudrait. Le sort de son groupe hante ses balades dominicales dans les dunes du fief familial, Knokke. De sa villa, la vue sur l'arrière-pays côtier jusqu'à la tour du beffroi de Sluis aux Pays-Bas a d'habitude le don de l'apaiser. Mais en ce moment, plongé dans ses pensées, il en oublie jusqu'à son existence.

Il y a quelques mois, le groupe remportait une éprouvante bataille juridico-financière et signait, aux côtés de Royal Bank of Scotland et de Santander, l'exploit financier de l'année : le rachat à trois d'ABN Amro, joyau de la banque néerlandaise victime d'une crise de confiance fatale. La facture est en soi un événement : 71,1 milliards d'euros. Le 17 octobre 2007, Jean-Paul Votron signe le chèque de sa vie, 24 milliards d'euros. Fortis n'a pas savouré longtemps cette victoire. Très vite dégrisé par la crise des subprimes qui enfonce l'ensemble du secteur financier mondial, le bancassureur vient d'émettre, le 27 janvier 2008, un retentissant avertissement sur bénéfices qui a glacé l'atmosphère. Vu la dégradation des marchés, les dépréciations qu'il lui faut passer sur ses placements contenant des crédits hypothécaires américains à risque pourraient bien atteindre 2,4 milliards d'euros à fin 2007, annonce Fortis. La communication répond à une demande de la Commission bancaire, financière et des assurances (CBFA), dont le président a enjoint à Jean-Paul Votron deux jours plus tôt de faire au plus vite la lumière sur la situation financière du groupe. Depuis le début de l'année, l'action a lâché 25 % de sa valeur et la déprime s'accentue chaque jour. Le 25 janvier, le titre cède jusqu'à 15 % dans un marché bruissant de rumeurs sombres : les dépréciations d'actifs ne font que commencer, Fortis a un besoin urgent d'argent frais, le dividende va être coupé, etc. D'une nervosité rare, les marchés sont encore sous le choc de l'affaire Kerviel, révélée la veille, du nom de ce trader dont les investissements disproportionnés ont coûté 4,9 milliards à la banque française Société Générale. Pour tenter de calmer les esprits, Jean-Paul Votron choisit comme toujours la manière forte : acter les nouveaux amortissements exigés par le marché dans le portefeuille subprime pour évacuer au plus vite le problème et passer à la suite, c'est-à-dire à ABN Amro. Soit, mais les investisseurs y voient surtout la preuve qu'ils avaient toutes les raisons de douter de la santé du groupe.

Le marché savait déjà qu'ABN Amro était un boulet financier très lourd pour Fortis. Certes, le groupe a rassemblé 21 des 24 milliards nécessaires dès fin 2007, que ce soit par le biais d'une augmentation de capital d'une ampleur jamais observée en Europe pour un groupe privé (13,2 milliards d'euros) ou par l'émission de multiples emprunts ultra-sophistiqués. Fortis a glané tout ce qu'il a pu, mais le marché se referme, inexorablement. Les investisseurs n'ont plus le goût du risque et se doutent que Fortis va éprouver toutes les peines du monde à lever les 3 milliards qui lui manquent pour boucler son financement. Si le groupe a été en mesure de régler sa note de 24 milliards en octobre, c'est en puisant dans les liquidités de la maison et en tirant sur une ligne de crédit de 10 milliards d'euros octroyée pour la circonstance par un consortium de banques européennes. En clair, Fortis a raclé les fonds de tiroir pour honorer la facture ABN Amro. Si, en plus, le groupe doit accuser des pertes massives sur son portefeuille de crédits structurés, cela commence à faire beaucoup. Là est le stress du marché, que partage Maurice Lippens.

« J'en ai marre »

Mais ce n'est pas tout. En interne, le président de Fortis sent bien que l'ambiance s'est dégradée au sein du comité de direction. Tous les mois, Maurice Lippens déjeune ou s'entretient avec chacun de ses membres. Pour prendre la température, faire passer ses messages, recueillir les doléances. Or, depuis un moment, il entend beaucoup de plaintes sur l'attitude de Jean-Paul Votron. Le patron n'écouterait plus grand monde, à part son binôme Gilbert Mittler et Herman Verwilst, le numéro deux du groupe qui passe pour le sage du comité, l'homme du consensus permanent. Pour le reste, Votron serait de plus en plus fermé, nerveux, impatient, rapporte-t-on au président. Il ne supporterait plus la contradiction. Maurice Lippens n'aime pas ça : il avait entendu les mêmes griefs à propos d'Anton Van Rossum, le précédent *chief executive officer* de Fortis, au bout de trois ans de règne. Et il n'avait pas renouvelé son mandat.

Pour en avoir le cœur net, le président décide d'en toucher un mot au principal intéressé, un jour de février 2008.

« Certains me disent que tu n'écoutes plus beaucoup ton comité », tente Lippens.

La discussion tourne instantanément au vinaigre.

« Je me demande qui a bien pu te dire cela, s'énerve Votron. Excuse-moi, Maurice, mais nous sommes en pleine crise et je n'ai pas le temps d'être contredit. Entre ABN Amro et le subprime, il faut avancer. J'ai une boîte à gérer, moi. J'en ai marre de ces “Ja, maar... [1]”, de tous ces gens qui trouvent toujours de bonnes raisons de ne pas faire ce qu'on a pourtant décidé... »

1. « Oui, mais... » en néerlandais.

Sur ce, Votron quitte le bureau de Lippens, qui en reste interdit. Nerveux, le CEO ? Ce que redoutait le président se vérifie sous ses yeux : le dialogue avec Jean-Paul Votron ne semble plus possible. Rien de cette explication ne transpirera à l'extérieur de la banque mais quelque chose s'est cassé ce jour-là entre les deux hommes.

Peu après, le 7 mars, la présentation des résultats 2007 donne à voir un Jean-Paul Votron tendu comme un arc. Il a troqué son vocabulaire commercial habituel contre le discours de la rigueur. Il est vrai que le groupe a clôturé le quatrième trimestre sur une perte opérationnelle de plus de 500 millions d'euros. Le subprime est passé par là, imposant des réductions de valeur pour 2,75 milliards d'euros. Le patron balise : « Le contexte économique restera difficile à court terme et nous allons donc redoubler nos efforts pour maîtriser nos coûts et rester concentrés sur la gestion des risques. » C'est la première fois que la presse entend ces mots dans la bouche de Jean-Paul Votron, plus proche d'ordinaire des slogans publicitaires. Au moins Fortis a-t-elle pris soin de ne pas couper dans le dividende, qui reste inchangé. Pour les actionnaires, c'est l'essentiel.

Champion du monde

C'est dans ce climat d'austérité que Fortis rend publique la rémunération des dirigeants pour l'année écoulée. Le paquet salarial de Jean-Paul Votron atteint 3,9 millions d'euros, en hausse de 15 % sur un an, dont un bonus de 2,5 millions, justifié par « la prestation exemplaire en matière de leadership de M. Votron au cours d'une année qui a véritablement marqué un tournant dans l'histoire de Fortis ». Le bonus avait en réalité été fixé dès novembre 2007 et a été maintenu, après quelques hésitations toutefois. Les actionnaires n'apprécient pas du tout, rejoints par les employés du groupe à qui la direction vient d'imposer un strict contrôle des coûts. Dans une note interne du 25 février 2008, Herman Verwilst, numéro deux chargé notamment des ressources humaines, détaille les nouvelles consignes : gel des engagements, recours limité aux consultants extérieurs, annulation jusqu'à nouvel ordre des réunions hors murs, des réceptions internes ou du remboursement de repas entre collègues. On ne rigole plus chez Fortis. En décalage complet avec la nouvelle politique des coûts, le salaire du patron est vertement critiqué de toutes parts, à l'extérieur comme à l'intérieur de l'entreprise. Cherchant à la justifier, Jean-Paul Votron se fend, dans un entretien au quotidien *La Libre Belgique*, d'une comparaison qui lui collera à la peau jusqu'à la fin de ses jours. « Il n'y a pas beaucoup de gens qui savent faire le boulot que je fais, tout comme peu de gens savent jouer au tennis comme Justine Henin. » Sa comparaison avec la plus grande championne belge de tennis, numéro un mondial au classement WTA, disqualifie définitivement Votron aux yeux de beaucoup. Il ne l'a jamais niée.

Avec la chute du cours de la Bourse, le sujet dominera l'assemblée générale annuelle des actionnaires, fin avril 2008. Dans le rôle du maître de cérémonie, le président Lippens ne parvient pas à désamorcer l'atmosphère pesante qu'il perçoit dans les rangs des actionnaires. « Alors que la valeur de nos actions a été divisée par deux en un an, alors que le bénéfice n'est soutenu que par des ventes d'actifs, alors que la satisfaction du personnel se dégrade visiblement, j'ai perdu confiance en vos capacités de financiers, sauf bien sûr pour ce qui concerne vos finances personnelles », assène un petit porteur, très applaudi. Calé dans son fauteuil, visage fermé, Jean-Paul Votron encaisse sans broncher, laissant le soin à son président de défendre ses émoluments contestés. Maurice Lippens y met tout son poids. « Jean-Paul a fait preuve de capacités exceptionnelles de leadership et de détermination et ce dans des circonstances elles aussi exceptionnelles et imprévisibles. C'est grâce à un leadership fort qu'il est possible de traverser la tempête et même d'en sortir renforcé. Nous sommes plus confiants que jamais dans le potentiel de création de valeur de Fortis. La meilleure preuve en est que Fortis maintient son dividende. D'ailleurs, voilà bien la dernière chose que nous changerons : moi vivant, la politique de dividende ne bougera pas. » Le vocabulaire fort de Lippens produit son effet et, à l'heure des votes, toutes les propositions passent comme une fleur. Le renouvellement des mandats de Jean-Paul Votron et de Maurice Lippens se fait à la quasi-unanimité. Au cours de leurs interventions, le CEO et son directeur financier, Gilbert Mittler, se montrent rassurants sur « la solvabilité très solide » de Fortis, pendant que Filip Dierckx, le patron de l'importante banque d'affaires, prédit que « les problèmes de liquidités de certaines banques d'investissement ne sont pas près d'arriver chez Fortis ». À chacun son couplet sur l'air de « Tout va bien ».

L'assemblée fut houleuse mais elle est pliée. Voilà au moins une bonne chose de faite. Car pour le reste, rien n'avance assez vite au goût de Jean-Paul Votron. Son impatience renvoie à celle des marchés. Il manque toujours à Fortis 3 milliards d'euros pour boucler le financement d'ABN Amro alors que les marchés financiers se dégradent à vue d'œil et que les possibilités de lever des fonds s'amenuisent de jour en jour. Alors que Fortis devrait mettre les bouchées doubles, le groupe tergiverse. En dehors de deux placements obligataires, rien ne se fait. Votron pousse au feu mais bute sur les fortes réticences exprimées au sein même de son comité de direction. Le pôle assurance notamment n'est pas très motivé à l'idée de vendre certains de ses bijoux sous prétexte qu'il faut aider la banque à financer ses achats ruineux. En attendant, le temps passe et les deux transactions annoncées en mars, censées renflouer les caisses, s'enlisent. Le groupe chinois Ping An, devenu premier actionnaire de Fortis quelques mois plus tôt en prenant 5 % du capital, devait racheter pour 2,15 milliards d'euros la moitié du pôle de gestion d'actifs de Fortis, mais les autorités chinoises ne semblent pas pressées de valider l'opération. Peu à peu, le doute s'est installé sur la motivation réelle de l'assureur de Shenzhen, qui dispose d'ailleurs d'une « break-up clause », disposition prévue dans le contrat et valable jusqu'en octobre 2008, lui permettant de se retirer sans dommages. Quant au projet de coentreprise annoncé en mars avec le groupe français Vinci dans le secteur des parkings, où Fortis détient une position enviable via sa sous-filiale Interparking, il est censé rapporter 400 millions d'euros de plus-values mais reste au point mort : ils sont nombreux en interne à ne pas vouloir lâcher cette petite perle immobilière.

Pour corser le tout, Fortis n'a trouvé qu'un candidat repreneur, Deutsche Bank, pour les quelques activités d'ABN Amro qu'elle doit céder aux Pays-Bas, comme le lui a imposé la commissaire européenne en charge de la Concurrence, la Néerlandaise Neelie Kroes. Fortis se sent piégée mais n'a pas d'autre choix que de vendre, dans le timing imparti, à un prix bradé faute d'enchères. Le groupe prévoit de perdre 900 millions d'euros dans l'aventure, ce qui ne manquera pas d'aggraver l'humeur déjà massacrante des marchés à son endroit. Le groupe craint en plus que le régulateur néerlandais, bien décidé à ne faire aucun cadeau à Fortis, n'y trouve une bonne raison de bloquer toute l'opération ABN Amro.

Ce sont ces anticipations noires, doublées de perspectives économiques peu engageantes, qui déclenchent le « plan de solvabilité » annoncé par Fortis le 26 juin 2008. Un véritable traitement de choc censé ramener plus de 8 milliards d'euros dans les caisses. Pour la moitié, le plan réchauffe un certain nombre de mesures déjà connues. Les décisions réellement nouvelles visent 4,3 milliards d'euros. Le groupe décide d'abord de mettre en vente une série de six entités jugées périphériques [1], le tout devant rapporter 1,5 milliard d'euros. Dans la foulée, une seconde liste de réserve est d'ores et déjà constituée, à activer ultérieurement en cas de besoin, où figurent quatre morceaux plus lourds et touchant cette fois au cœur du métier : les divisions bancaires en Turquie et en Pologne, l'assurance en Grande-Bretagne et au Portugal. Fortis annonce ensuite une augmentation de capital express pour 1,5 milliard d'euros, menée le jour même au prix bradé de 10 euros le titre et réservée à quelques investisseurs institutionnels étrangers auprès desquels le groupe sait pouvoir placer des blocs d'actions, comme son premier actionnaire Ping An ou le milliardaire russe Suleyman Kerimov.

1. ID&JG (la banque diamantaire d'ABN Amro), ICS (gestion des cartes de paiement), les activités de crédit à la consommation en Allemagne, Interparking (il n'est plus question d'une coentreprise avec Vinci mais d'une vente intégrale), Fortis Global Custody (gestion administrative des fonds de placement) et Intertrust (gestion de sociétés patrimoniales pour compte de tiers).

Enfin et surtout, Fortis convient contre toute attente de couper le dividende. Parfaitement impopulaire, ce dernier point a fait l'objet d'un long débat lors du conseil. Par la voix de Gilbert Mittler, le comité de direction avait suggéré de suspendre le dividende intérimaire mais le conseil d'administration a estimé la mesure insuffisante puisqu'elle ne faisait que reporter la sortie d'1,3 milliard d'euros. Sur proposition de son comité « risque et capital » présidé par Philippe Bodson, le conseil d'administration en est venu à envisager la suppression pure et simple du dividende. Maurice Lippens a failli en tomber de son siège. Lui qui vient de promettre devant ses actionnaires le maintien du coupon est catastrophé à l'idée d'annoncer à présent son abandon. Pour tenter de limiter la casse, le conseil passera un certain temps à chercher une formule susceptible de noyer le poisson. Les débats accoucheront d'un communiqué volontairement imprécis sur ce point pourtant essentiel, évoquant la possibilité – sans plus – d'un dividende 2008 payable en action, synonyme de dilution pour les détenteurs de titres…

La fin d'un tabou

Cette fois, c'en est trop. À Bruxelles, plus personne ne comprend Fortis. La rupture de confiance est générale. Le plan devait rassurer les marchés, leur apporter la preuve que Fortis gère et anticipe même la situation, mais c'est l'inverse qui se produit : déboussolés et se sentant grugés, les investisseurs désertent le titre, qui perd 19 % sur la journée. À la tête de Bois Sauvage, holding réputée fidèle à Fortis, Vincent Doumier ose un commentaire dans les colonnes du journal *Le Soir*. « Nous n'avons été en rien consultés sur cette opération. Nous sommes très surpris et très déçus. Depuis maintenant plusieurs semaines, nous ne comprenons plus ce dossier ni que le discours de l'état-major de Fortis ait à ce point changé en un mois. »

D'ordinaire, la plus grande discrétion caractérise pourtant cette petite holding familiale installée au cœur du Bruxelles historique, rue du Bois Sauvage (d'où son nom), à l'ombre de la cathédrale Saints-Michel-et-Gudule. Son président-fondateur, Guy Paquot, a en outre beaucoup d'estime pour Maurice Lippens. Il n'a jamais oublié l'attitude chevaleresque du comte lors d'une transaction qui les a mis en présence, dix-huit ans plus tôt. Depuis, Guy Paquot a toute confiance en « Monsieur Fortis ». Lors de la grande augmentation de capital de l'automne 2007, destinée à financer le rachat d'ABN Amro, Bois Sauvage a d'ailleurs souscrit pour 2 millions de titres. L'acquisition de la banque néerlandaise ne convainquait pas particulièrement la petite holding, mais celle-ci avait reçu ses apaisements sur le maintien du dividende. Sa suppression huit mois plus tard fait d'autant plus mal chez Bois Sauvage : avec 5 millions de titres détenus au total, ce sont 60 millions d'euros qui lui passent sous le nez. D'où la sortie de Vincent Doumier, qui en a soupesé chaque mot. « Pourvu que je ne reste pas seul à dire tout haut ce que tout le monde pense tout bas », espère-t-il. De ce côté-là, ses craintes s'évanouiront très vite : le propos déclenche une pluie de commentaires négatifs, souvent moins mesurés, sur la place bruxelloise. Les trois petites phrases de Vincent Doumier ont brisé un tabou. Dans son bureau de la rue Royale, Maurice Lippens fulmine.

7

L'ÉTÉ MEURTRIER

Le petit avion jaune touche le sol, soulevant un nuage de terre rouge sur la piste de Kupungarri, coin perdu en territoire aborigène dans la rude région du Kimberley, tout au nord de l'Australie occidentale. Sous le soleil déjà chaud du matin, le taxi aérien s'immobilise rapidement à hauteur du seul être humain posté en bord de piste.

« Are You Mister Bodson ? » lance le pilote une fois descendu de son appareil.

La question est de pure forme. Qui, à Mount Barnett Roadhouse, l'autre nom de Kupungarri, a pu passer commande d'un vol privé pour Darwin, sinon cet homme élancé en veston et chemise, portant beau la soixantaine et patientant seul, bagage léger à la main ? Au bout d'une journée interminable à bord d'un 4 × 4 dont le réservoir menaçait de décrocher, Philippe Bodson est parvenu à cette station-service, unique point de ravitaillement planté le long des

700 kilomètres de la Gibb River Road, qui traverse le territoire aborigène de Mount Barnett et ses gorges somptueuses. Une pompe à essence, une épicerie et un vague restaurant peuplé de gros bras, conducteurs de « road-trains ». C'est là, au milieu de nulle part, que l'homme d'affaires a pris congé de sa femme et de leurs compagnons de voyage, repartis pour la prochaine étape de leur périple australien : le parc national des Bungle Bungle. Philippe Bodson se faisait une joie d'en découvrir les surprenantes formations rocheuses, mais le devoir le rappelle en urgence à Bruxelles en ces premiers jours de juillet 2007. La maison Fortis brûle.

Philippe Bodson a le chic pour passer ses vacances dans les régions les plus inaccessibles du globe. Mais cette fois il s'est arrangé pour rester joignable grâce au téléphone satellitaire qu'il a pris soin d'embarquer avec lui. Le Belge est resté en contact régulier avec Maurice Lippens, l'homme qui l'a nommé en 2004 au conseil de Fortis lorsque Étienne Davignon en était parti, ayant atteint la limite d'âge. L'ami Davignon avait donc cédé la place à l'ami Bodson, resté célèbre en Belgique pour avoir dirigé Tractebel dans les années 1990 et tenté – en vain – d'empêcher la mise sous tutelle de ce bijou énergétique national par le groupe français Suez-Lyonnaise des Eaux (aujourd'hui GDF-Suez).

Le baron Bodson a beau courir le bush aux antipodes, il est resté informé des immenses difficultés qui secouent Fortis. Depuis le plan de solvabilité décidé fin juin 2008, dont l'accueil fut catastrophique, la pression ne cesse d'augmenter sur les dirigeants du groupe, du moins au Benelux. Particuliers ou professionnels, les investisseurs se disent trahis et ne dissimulent plus leur colère envers Fortis, dont les actions tapissent le fond du portefeuille de la Belgique entière au titre de valeur de bon père de famille. Au nom des petits porteurs, des associations comme Deminor ou Test-Achats exigent une assemblée pour s'expliquer. La presse en vient à demander la démission de Jean-Paul Votron, voire celle de Maurice Lippens. Après tout, c'est le second qui a placé le premier au sommet de Fortis.

Cette tornade finit de semer la zizanie à la tête du bancassureur. Entre Maurice Lippens et Jean-Paul Votron, le courant ne passe plus, le doute a définitivement effacé la confiance des premiers temps. Au début du mois de juillet, le président s'en était ouvert à son *chief executive officer* :

« Je me demande, si c'est une bonne chose pour Fortis que tu restes et je crois qu'il serait bon que tu te poses la même question.

– Tu as peut-être raison », répondit d'abord Jean-Paul Votron dans un soupir. »

Le patron de Fortis ne demeurera pas longtemps sur ce demi-aveu de faiblesse. Il se reprend vite et, dans les jours qui suivent, travaille d'arrache-pied avec Gilbert Mittler à la mise au point d'un plan de bataille pour Fortis. La crise est là, aiguë, mais il a des idées pour relancer la machine et n'entend pas une seconde rendre son tablier. Jean-Paul Votron revient donc chez Maurice Lippens pour le lui signifier.

« Maurice, tu as deux options possibles. Option A, tu me gardes comme CEO, tu me laisses faire mon métier et gérer la crise. Il y a des mesures importantes à prendre, certaines ne sont pas populaires mais ça ne me fait pas peur. J'ai d'ailleurs un plan à proposer au conseil et je veux rester pour l'exécuter. Mais pour ça, il faut que le conseil me protège des pressions extérieures, de la presse, des activistes, pour que je puisse me concentrer sur mon véritable job, gérer la crise. Option B : c'est très simple, le conseil estime que la pression est trop forte sur moi et qu'il vaut mieux pour Fortis que je parte. C'est à toi et au conseil de choisir. »

Carré comme souvent avec Jean-Paul Votron, le propos a le mérite d'être clair mais il finit de convaincre Maurice Lippens sur un point : le CEO est à cran, il n'a plus la tête froide. Il croyait Votron ouvert sur la question de son départ et le voilà qui donne l'impression de s'accrocher envers et contre tout. Le président ne comprend décidément plus son CEO mais, comme toujours avant une décision importante, il consulte les uns et les autres pour se forger un avis.

Au rang des fans de Jean-Paul Votron, Gilbert Mittler fait valoir qu'on ne change pas le capitaine au milieu de la tempête et que l'actuel patron est l'homme qu'il faut pour gérer cette crise sans précédent. C'est aussi l'avis de Rana Talwar, l'un des administrateurs qui comptent au conseil. Ex-ponte de Citibank où il a fréquenté et apprécié Jean-Paul Votron, l'Indien basé à Londres le soutient sans réserve. Plus mesuré comme à son habitude, le numéro deux de Fortis, Herman Verwilst, estime pour sa part qu'il n'est pas nécessaire de se défaire du chef de file. « Qu'il y ait des choses à corriger, soit, mais c'est un bon CEO », dit-il à Maurice Lippens. « Au cas où, serais-tu prêt ? » glisse tout de même le président. La perspective n'entre pas du tout dans les plans de Verwilst. À soixante ans, le Gantois est sur les rotules après dix-huit mois de course ininterrompue, sans le moindre repos. Il s'imagine au contraire lever le pied graduellement jusqu'au printemps 2009, époque à laquelle il se verrait bien raccrocher. À l'inverse, Filip Dierckx plaide la séparation, non sans se positionner comme successeur. Entre deux randonnées dans les King Leopold Ranges, Philippe Bodson donne, lui aussi, sa lecture des événements : même si c'est injustifié, Votron doit partir car il incarne la méfiance du marché et de l'opinion publique envers Fortis.

Le président finit par se ranger à cet avis. Bien sûr, avec le subprime et ABN Amro au milieu du gué, ce n'est pas le moment idéal pour changer de patron. Mais l'actuel dirigeant fait davantage partie du problème que de la solution. De son côté, Jean-Paul Votron, se doutant de ce que Maurice Lippens lui réserve, est bien décidé à vendre chèrement sa peau. Une guerre froide s'est installée entre les deux hommes, au point qu'ils ne se parlent même plus. Ils

de six mois, à la mi-2009. Il y a enfin la nécessité de revoir radicalement la structure même de Fortis.

Le patron développe alors sa vision d'une banque recentrée sur ses métiers de base : l'assurance, la banque de détail, les PME... Le temps est fini où les activités de marché assuraient des marges si confortables que les banques en étaient devenues laxistes sur le reste. Le vent a tourné, les capitaux se font rares et la croissance n'est plus à chercher de ce côté-là. La banque de demain, plaide Jean-Paul Votron, sera *low cost* et fondamentalement commerciale. Pour y parvenir, Fortis doit s'alléger et, en particulier, réduire la voilure dans la *Merchant Bank*, la banque d'affaires et d'investissement. Une phase de réduction des coûts s'impose donc, que Jean-Paul Votron situe à 10 %.

Les membres du comité n'ont pas besoin d'un dessin pour situer les conséquences de ce qui vient d'être dit : dans un groupe de services financiers employant 80 000 personnes, réduire les coûts de 10 % revient à licencier à très grande échelle. C'est bien la dernière chose dont Fortis a besoin en ce moment, se dit Maurice Lippens. Son CEO boucle son exposé sur une envolée qui laisse plusieurs administrateurs pantois. « Mon désir est de rester et je crois que mon départ pourrait avoir des conséquences très négatives sur Fortis. Mais si votre choix est de vous passer de mes services, alors je vous souhaite bonne chance avec qui que ce soit. Simplement, je ne pense pas que quelqu'un, au sein de Fortis, soit capable de gérer cette crise mieux que moi. D'ailleurs, il n'y a qu'un type en Europe qui puisse gérer cette boîte : moi. »

La dernière allusion est limpide : Jean-Paul Votron connaît l'intention de Maurice Lippens de le remplacer par un Filip Dierckx qui n'attend que cela. Mais l'actuel CEO ne veut faire aucun cadeau au responsable de la *Merchant Bank*. Relayant l'avis de Jean-Paul Votron, Gilbert Mittler l'avait d'ailleurs dit et redit, à l'approche de ce conseil, à son président notamment : « Dierckx n'est pas fait pour être CEO. Il n'a pas le charisme nécessaire et on risque de ne jamais avancer avec lui car il ne parvient pas à déléguer. Et puis, c'est tout de même sa division qui est responsable du subprime… »

Ni Votron, ni Dierckx

Une fois son exposé terminé, le CEO s'en retourne à son bureau, aussitôt rejoint par Gilbert Mittler. Le patron a joué son va-tout, advienne que pourra. Les deux hommes attendent ensemble la décision du conseil. Mais le comité de nomination est partagé. La prestation de Jean-Paul Votron a eu un double effet sur son auditoire : elle a définitivement enterré les chances de l'actuel patron de rester en place mais elle a dans le même temps jeté un très gros doute sur Filip Dierckx, successeur désigné. Rana Talwar enfonce d'ailleurs le clou : « Les CDO, le subprime, c'est Dierckx. Tout mais pas lui. » Les quatre administrateurs ne parviennent pas à se mettre d'accord, sauf sur le rejet de la démission de

Maurice Lippens, que celui-ci met un moment sur la table. Le comité décide donc de soumettre la question au conseil dans son ensemble. Jean-Paul Votron est rappelé pour un nouvel exposé mais rien n'y fait, le clivage demeure. Entre les tenants de Votron, les partisans de Dierckx et ceux qui ne veulent ni l'un ni l'autre, pas de compromis possible. Épuisé lui aussi par dix-huit mois de folie, Maurice Lippens ne se sent pas la force de faire le forcing pour imposer Dierckx. Quelques années plus tôt, fatigue ou pas, il se serait jeté dans la bagarre mais aujourd'hui... basta ! De guerre lasse, le conseil finit par se rabattre sur une solution qu'il sait boiteuse : Jean-Paul Votron s'en va, remplacé ad interim par Herman Verwilst.

Vers 20 heures, le conseil rappelle alors son CEO, que Maurice Lippens prend à part pour lui signifier la décision. Le président y met les formes mais les mots sont là : « Merci pour tout ce que tu as fait, tu as véritablement transformé Fortis mais le conseil estime qu'il est dans l'intérêt de l'entreprise de continuer sans toi. » Jean-Paul Votron avait beau redouter ce moment, les remerciements ultimes de Lippens ont sur lui l'effet d'une douche froide. Sonné, il s'en retourne à son bureau, où Gilbert Mittler accourt. « C'est une bonne nouvelle pour certains, une mauvaise pour d'autres. Je pars », lâche l'ex-patron. Il dépose son Blackberry sur son bureau, embrasse sa secrétaire, atterrée, salue vigoureusement son directeur financier, ému jusqu'aux larmes, puis rejoint le local des chauffeurs. « Mark, tu me ramènes à la maison et puis tu ramèneras la voiture ici. » Pendant que la Mercedes bleu nuit file vers l'est de Bruxelles, Eddy, le chauffeur de Gilbert Mittler, décide de prendre les choses en main. Il connaît son patron de longue date et apprécie son côté accessible et jovial, Mais cette fois, le financier de Fortis semble assommé, déboussolé. Eddy se lance, le tutoyant comme il en a pris l'habitude.

« Tu ne peux pas rester comme ça, il faut que tu changes d'air. Viens prendre un verre à la maison, c'est l'anniversaire de mon beau-père.

– Pourquoi pas ? répond Gilbert Mittler, complètement défait. Mieux vaut que je ne traîne pas ici, cet endroit me donne le cafard. Allons-y. »

Le conseil taira ce point, pour ne pas rajouter au trouble du marché, mais le sort du directeur financier vient également d'être scellé. Engagé vingt ans plus tôt aux Assurances Générales par Maurice Lippens, Gilbert Mittler doit partir. Le conseil de Fortis n'a pas hésité longtemps : puisque Votron et Mittler fonctionnaient en binôme, sacrifier l'un impose de remercier l'autre. Dans les jours qui suivent, Herman Verwilst et Gilbert Mittler négocieront un arrangement qui prévoit que le second assiste le premier pendant quelques mois encore, au titre de consultant extérieur. Mais le cœur n'y est plus. Plus tard en octobre, une polémique sur les indemnités de départ perçues par Mittler, 4 millions d'euros, mettra fin précipitamment à toute collaboration.

Le 11 juillet 2008, le conseil d'administration de Fortis prend une décision qui en fait ne contente personne. Jean-Paul Votron est amer d'avoir été débarqué. Filip Dierckx, lui, se montre très déçu de ne pas avoir été nommé. Après le parachutage de Jean-Paul Votron en 2004, c'est la deuxième fois qu'on lui fait le coup. Son amertume se révèle telle qu'il songe à quitter Fortis sur-le-champ et, sans les interventions appuyées de certains, à commencer par le patron de l'assurance Peer Van Haarten, Filip Dierckx serait parti. Quant à Herman Verwilst, le voilà nommé malgré lui à la tête d'une maison sens dessus dessous, ad interim qui plus est, ce qui le disqualifie d'entrée de jeu aux yeux de beaucoup. Fatigué avant même de prendre ses fonctions, le nouveau CEO rêvait de quelques jours de congé dans sa maison du Lubéron…

Le 12 juillet, c'est donc Jean-Paul Votron qui part en vacances. Avec sa femme, il s'éclipse dans son chalet de Saas-Fee, dans le Valais suisse. Il y bûcheronne, randonne, passe ses nerfs. Privé de Provence, Herman Verwilst enfile, lui, le costume de patron et prend son rôle à cœur. Dans les premières semaines, son sens politique et son didactisme en épatent plus d'un. Ancien chef de cabinet de Willy Claes lorsque le socialiste flamand était ministre des Affaires économiques, il était de l'autre côté de la table lorsque Fortis a négocié avec l'État la prise de contrôle de la Caisse Générale d'Épargne et de Retraite (CGER), en 1993. Maurice Lippens l'a ensuite récupéré pour le placer à la tête de la CGER, puis de l'ensemble du pôle bancaire du groupe. L'ex-politique devenu banquier excelle dans la recherche de consensus, sa marque de fabrique. Pendant les mois de juillet et août 2008, il soigne particulièrement la communication avec les clients, les investisseurs et les milieux politiques, où l'on commence à s'inquiéter de la grogne des associations activistes. La très mauvaise réception du plan de solvabilité du 26 juin attire l'attention de tous, jusqu'au Premier ministre Yves Leterme qui, début juillet, demande à son cabinet de lui faire rapport sur la situation du bancassureur. La grogne des actionnaires après l'annonce de la suppression du dividende fait entrer pour la première fois le dossier Fortis au 16 rue de la Loi, dans les bureaux du patron du pays.

Mais Verwilst rassure le monde extérieur. Son calme, son langage accessible passent bien. Ce n'est pas pour rien qu'il a toujours gardé un cours ou l'autre à l'université de Gand, il adore ça : expliquer, recadrer, synthétiser. Il la joue plus modeste que son prédécesseur et reconnaît même quelques erreurs de communication, ce que tout le monde attendait depuis six mois au moins. Fin août, au Convention Center d'Amsterdam puis au Palais des Beaux-Arts à Bruxelles, les réunions d'information qu'il mène avec Maurice Lippens sont un geste apprécié. Mais pas par tous : plusieurs associations de petits porteurs nient la démarche, exigeant une assemblée générale en bonne et due forme avec vote à la clef. Herman Verwilst refuse : dialoguer soit, mais pas question d'organiser une assemblée. C'est l'erreur à ne pas commettre, se dit le nouveau patron, car cela reviendrait à donner le pouvoir aux minoritaires les plus bruyants alors qu'il appartient au groupe lui-même de rassurer les uns et les autres.

« Vous vendez ou vous ne vendez pas ? »

En interne par contre, les erreurs du printemps se renouvellent et s'aggravent. En dehors de la suppression du dividende intérimaire et de l'augmentation de capital express, le plan de solvabilité n'est qu'un communiqué de presse sans lendemain. Herman Verwilst répète partout « Voici ce que nous allons faire » mais, dans les faits, rien n'émerge. Il y aurait pourtant urgence à envoyer un signal positif au marché, en réalisant l'une ou l'autre des opérations prévues, mais Fortis patine. Les ventes d'actifs annoncées font l'objet de blocages divers et variés, au sein même du comité de direction. Chacun y défend sa branche et attend que l'autre fasse le premier pas. L'un des plus réticents est le Néerlandais Peer Van Haarten, patron de l'assurance. D'ordinaire très réservé, il lâche un jour en plein comité de direction : « C'est Filip Dierckx qui a perdu de l'argent. C'est à lui d'en trouver d'abord, pas à nous ! »

Pour gérer ce genre de crise, Herman Verwilst et son statut de sage s'avèrent inopérants. Le nouveau CEO déteste arbitrer les conflits, avec lui tout doit se régler au consensus. Et donc rien n'avance. Dans le marché, c'est une fois de plus la confusion. Les banquiers d'affaires passent des coups de fil discrets chez les uns ou les autres dans l'espoir de comprendre : « Vous vendez ou vous ne vendez pas ? » Alors que l'accès aux capitaux se complique de jour en jour, Fortis perd l'été en tergiversations.

Le cours de la Bourse passe un été plus ou moins stable, entre 9 et 10 euros, soit le niveau appliqué pour la dernière levée de fonds. Pas de quoi se vanter mais, après les désastreux mois de mai et juin, soixante jours sans accident boursier ressemblent presque à des vacances. La vigilance s'en trouve relâchée. Pourtant, on entend depuis quelque temps que des fonds spéculatifs ont pris l'option de jouer Fortis à la baisse. Leur pari ? Prise en sandwich entre la crise du subprime qui plombe ses comptes et l'acquisition devenue impayable d'ABN Amro, Fortis va au-devant de grandes difficultés. Circonstance aggravante, le bilan du groupe pèse trois fois le produit intérieur brut de la Belgique, ce qui n'augure pas d'un soutien massif et efficace des pouvoirs publics en cas de gros problème. Bref, le cours de Bourse de Fortis devrait encore souffrir, ce qui sonne pour ces *hegde funds* comme une invitation au *shortage*, la vente à découvert. À savoir : un opérateur s'engage à vendre, à un horizon et à un prix convenus, des titres qu'il ne détient pas encore mais qu'il compte acheter d'ici là, une fois que le cours aura baissé. L'opérateur espère donc acheter à un prix plus bas que celui auquel il vend et empocher la différence. Or, pour favoriser la baisse d'un cours, rien n'est plus efficace qu'une bonne rumeur bien placée.

Pour les adeptes du *shortage*, Fortis est devenue une cible toute trouvée et cela se sait car certains opérateurs l'assument haut et fort. Luc Bertrand le découvre lors d'un *road show* à New York, début juin 2008. Le patron d'Ackermans & van Haaren, influente holding basée à Anvers et actionnaire fidèle de Fortis, passe par Wall Street pour rencontrer des gestionnaires de fonds et autres investisseurs institutionnels. Constatant le paquet d'actions Fortis [1] (et KBC) détenu par AvH, ils mettent Luc Bertrand en garde : « Faites attention, il y a du *shortage* sur vos banques belges et la Belgique n'aura pas les moyens de résister. » L'Anversois enregistre les remarques mais ne change pas de ligne pour autant. AvH connaît Fortis de longue date et a toujours pu compter sur son aide. La Générale de Banque était le conseil attitré de la holding tandis que Luc Bertrand siégeait au conseil de la banque rachetée par Fortis en 1998. Il est toujours resté en contact régulier avec la haute direction du bancassureur et le patron de la holding sent la maison tranquille en cet été 2008. Fortis est certes chahutée mais elle en a déjà vu d'autres.

1. AvH a souscrit pour 18 millions d'euros à l'augmentation de capital de Fortis à l'automne 2007 et détient depuis 2,7 millions de titres.

Règlement de comptes au château

Midi, le 10 septembre 2008. C'est encore l'été sur la terrasse du château Fond'Roy, dans la banlieue chic du sud de Bruxelles, où deux cents patrons prennent l'apéritif. L'ancienne propriété du Maréchal Mobutu héberge depuis dix ans le Cercle de Lorraine, l'un des clubs d'affaires les mieux garnis du pays. Il a fallu refuser du monde pour le déjeuner-conférence du jour, dont l'invité n'est autre que Maurice Lippens. Tout le monde aurait compris qu'en pleine tourmente le président de Fortis décline l'invitation. Mais il a maintenu la date. L'occasion est trop belle de remettre les pendules à l'heure. Raillé pour le parcours boursier de sa maison, le comte va pouvoir donner sa version des faits devant un public patronal qui, sans doute, le comprendra. Amaigri et marqué par la fatigue, Maurice Lippens livre une prestation qui tourne au règlement de comptes. D'ordinaire, la séance démarre sur un mode rieur mais l'invité du jour n'a pas envie de rigoler. S'il reconnaît que son groupe a mal communiqué sur des décisions pourtant impopulaires par définition, comme la suppression du dividende, il est surtout venu pour distribuer les mauvais points. Dans un vocabulaire guidé par l'émotion et l'amertume, il brocarde ce qu'il appelle des « groupes d'influence, des organismes spécialisés qui ont amplifié la critique et investi le champ médiatique ». Dans le viseur du président : les représentants d'actionnaires minoritaires, les Deminor,

Test-Achats et autres VEB aux Pays-Bas. La presse, belge surtout, se soit reprocher d'avoir pratiqué « l'émulation dans la mauvaise nouvelle, la surenchère dans la méchanceté ».

Quand vient l'heure des questions, Pierre Nothomb, représentant Deminor, ne peut laisser l'attaque sans riposte et redit les craintes de son cabinet quant à la suite des événements. Mais Maurice Lippens le coupe, s'emporte et finit par menacer en criant : « Faites très attention à ce que vous dites ! Vous avez contribué à ce que la confiance se perde, vous faites du tort à nos entreprises. Laissez-nous travailler, bon Dieu ! » Un silence gêné plombe d'un coup l'assemblée, médusée. On n'avait jamais vu ça dans les salons du Cercle de Lorraine. La causerie restera dans les annales comme le jour où Maurice a dérapé.

Reprenant ses esprits, le comte conclut sur des mots plus choisis. « Je l'ai toujours dit, je pars le jour où cela convient à Fortis. Le conseil m'a dit : "Tu ne pars pas." Donc, je reste. Pour l'instant. »

8

Le séisme Lehman Brothers

Peter Praet aime se lever tôt et se coucher tôt. Et le samedi 13 septembre 2008, ce directeur de la Banque nationale de Belgique, en charge de la stabilité financière et des infrastructures, affiche une moue désappointée : le courriel qu'il vient de recevoir lui annonce que son temps de sommeil sera sensiblement écorné le lendemain. Le message provient de la Banque des règlements internationaux, la « banque centrale des banques centrales », à Bâle. Il doit participer le lendemain dimanche à une conférence téléphonique qui se tiendra à minuit. Un peu partout dans le monde, à Londres, New York ou Singapour, une quinzaine de banquiers centraux spécialistes des systèmes de paiement et de transaction internationaux reçoivent le même message au même moment. L'invitation n'a pas besoin de préciser l'objet de la réunion. On parlera de Lehman Brothers. Depuis vendredi, dans l'immeuble de la

Réserve fédérale de New York, autorités financières américaines et banquiers travaillent au sauvetage de la quatrième banque d'affaires de Wall Street.

Le dimanche soir, Peter Praet est donc chez lui, près du téléphone. À 23 h 45, nouveau courriel : la conférence téléphonique est reportée à 1 heure du matin. À l'heure dite, enfin, la réunion débute. Le représentant américain prend la parole et annonce une très mauvaise surprise : « On croyait pouvoir vous donner de bonnes nouvelles du gouvernement concernant Lehman. Mais nous n'avons pas réussi. Dans les heures qui viennent, nous allons encore tenter de sauver la banque. C'est toutefois peu probable. » Lehman Brothers, fleuron de Wall Street, dont la valeur des actifs s'élevait encore à 639 milliards de dollars à la fin du mois de mai 2008, s'écroule. C'est la plus grande faillite de l'histoire économique américaine.

Pourtant, deux jours auparavant, une bonne partie du monde financier voulait encore y croire. Et Richard « Dick » Fuld, le premier. Le patron de Lehman Brothers est un « tough guy », un dur, qui ne s'avoue jamais battu. Certes, il n'aurait jamais dû être banquier : il embrasse au départ une carrière de pilote de chasse dans la marine américaine. Son ambition militaire se brise après un pugilat avec un officier supérieur. Il monte à New York et entre chez Lehman Brothers en 1969. Il gravit tous les étages, pour en devenir le patron en 1994, au moment où Lehman Brothers se sépare d'American Express et entre en Bourse. Commence alors une ère de croissance extraordinaire. En un peu plus de dix ans, la banque connaît un fabuleux développement. Elle multiplie ses résultats par cent : des bénéfices de 175 millions de dollars en 1994, de 17,6 milliards de dollars en 2006. L'action s'envole, de 5 à 86 dollars ; la valeur de Lehman Brothers en bourse explose, de 2 milliards de dollars en 1994 à 45 milliards en 2007.

Comme ses consœurs Goldman Sachs, Merrill Lynch, Bear Stearns et Morgan Stanley, Lehman Brothers profite pendant des années de son statut de banque d'affaires. Il lui permet d'échapper au contrôle de la Réserve fédérale et à ses réglementations. Les banques classiques, qui recueillent les dépôts des entreprises et des particuliers, doivent en effet avoir pour chaque prêt qu'elles accordent un minimum de capital en caisse. Les banques d'affaires, en revanche, ne sont pas tenues par les mêmes règles. Et elles jouent avec délectation de ce qu'on appelle l'effet de levier : faire travailler beaucoup d'argent avec très peu de capital. En février 2008, l'effet de levier de Lehman est de 30 pour 1 : pour 3,3 dollars de capital, la banque investit 100 dollars. Avoir peu de capital est un atout quand les résultats sont bons : les bénéfices sont répartis sur un petit nombre d'actions. C'est en revanche une fragilité lorsque les affaires se gâtent. Si sur ses investissements Lehman Brothers accuse une simple perte de 3,3 %, son capital est réduit à rien.

Cette faiblesse, Lehman Brothers la grossit encore. L'argent qu'elle utilise pour acheter des titres ou pour octroyer des crédits, la banque l'emprunte en grande partie à court terme. Régulièrement, les prêts arrivent à échéance et Lehman Brothers contracte de nouveaux emprunts dans le marché. En février 2008, la moitié de ses 800 milliards de dollars d'actifs sont financés à court terme. Lehman tire d'énormes profits grâce à ce mécanisme. Car pendant très longtemps, les taux à court terme ont été fort bas. Mais à partir de la fin de l'année 2007, le marché commence à se poser des questions sur la santé des banques d'affaires, et de Lehman Brothers en particulier. La banque éprouve davantage de difficultés à refinancer les prêts qui arrivent à échéance. Elle commence à manquer d'air.

Lehman Brothers ignore cependant les signaux d'alarme. Le management continue à croire que Wall Street est encore en fête, et il veut en profiter pleinement. En janvier 2008, alors que Bear Stearns est déjà en train de s'effondrer, les administrateurs de Lehman Brothers évacuent d'un revers de la main les avertissements des responsables du risque qui estiment que la banque pourrait assez rapidement manquer de liquidités. Dick Fuld et son conseil décident de puiser encore une dizaine de milliards de dollars dans le capital de la banque : ils distribuent 5 milliards de dollars en bonus, paient un dividende, activent un programme de rachat d'actions propres afin de soutenir le cours du titre.

En juin, deux responsables de Neuberger, une filiale spécialisée dans la gestion de fonds, écrivent au comité exécutif. Ils suggèrent que les membres du top management abandonnent leur bonus cette année, à la fois pour ne pas charger une trésorerie déjà chancelante, et pour donner un signal fort au marché. Couper les bonus ? Quelle horreur ! George H. Walker, un cousin du président Bush, membre du comité exécutif et responsable de Neuberger, écrit à Dick Fuld pour qu'il ne tienne pas compte du comportement indécent de ces collaborateurs. « Je suis confus, je vous prie de m'excuser », écrit-il à la fin de son courriel. Dick Fuld répond sur un ton moqueur : « Ne t'en fais pas. Ces gens ne pensent qu'à leurs propres poches. »

Pourtant, en interne, on se rend compte de la situation. Dès le printemps, la banque avait augmenté son capital. Elle travaille à réduire ses besoins de financement à court terme, essaie de revendre quelques actifs, va sonner aux portes des investisseurs. Elle sollicite Warren Buffett, des banques coréennes, chinoises, japonaises, des fonds du Moyen-Orient… Tous refusent de renflouer le bateau. Aussi, lors de la deuxième semaine de septembre 2008, après avoir annoncé une nouvelle perte trimestrielle abyssale de 3,9 milliards de dollars, c'est l'hallali : l'action Lehman, qui valait encore 17,6 dollars le lundi 8 septembre, ne vaut plus que 3,84 dollars le vendredi 12.

Il faut faire un exemple

Ce vendredi 12 septembre, une douzaine d'hommes parmi les plus puissants de Wall Street tiennent une réunion dans les locaux de la Réserve fédérale de New York. Autour de Christopher Cox, le président de la SEC, le gendarme de la bourse, et de Timothy Geithner, qui est alors le président de la Réserve fédérale de New York, il y a les patrons de Citigroup, JP Morgan Chase, Bank of America, Goldman Sachs, Barclays... Chacun est un important créancier de la banque, et calcule ce qu'il peut mettre sur la table pour préserver ses intérêts. On décide de se revoir le lendemain samedi, en présence du secrétaire d'État au Trésor, Henry Paulson. Car c'est lui qui détient la clé de la solution. Va-t-il mobiliser à nouveau l'État ? Dans le marché, on le pense fermement. Mais Paulson refuse. Oui, en mars, le Trésor américain a aidé à sauver la banque d'affaires Bear Stearns, en octroyant à son repreneur, JP Morgan Chase, une ligne de crédit de 29 milliards de dollars, et en garantissant en plus 30 milliards de dollars d'actifs pourris. Oui, le Trésor a apporté, début septembre, sa garantie aux deux grandes agences hypothécaires américaines, Fanny Mae et Freddy Mac, à hauteur de 200 milliards de dollars. Mais, cette fois, il n'interviendra pas. D'abord parce qu'il ne dispose pas des outils nécessaires : Lehman Brothers est une banque d'affaires, elle ne peut pas bénéficier, au contraire des banques commerciales, des lignes de crédits d'urgence de la Réserve fédérale. Il y a toutefois une raison plus profonde : le secrétaire au Trésor de l'administration Bush veut faire un exemple. Il veut tordre une fois pour toutes le cou à ceux qui critiquent l'intervention de l'État au profit des banquiers. Il ne sera pas dit qu'aux États-Unis on privatise les bénéfices et qu'on nationalise les pertes. Henry Paulson estime qu'il est temps que, comme lors des crises précédentes, le marché effectue son grand nettoyage. Les actionnaires doivent assumer les risques qu'ils ont pris. Ancien patron de Goldman Sachs, Henry Paulson songe-t-il aussi que la disparition d'un concurrent tel que Lehman pourrait servir la cause de son ancienne maison ?

Le dimanche matin, le sort de Lehman Brothers est scellé, même si la banque britannique Barclays, intéressée par le rachat, essaie encore pendant quelques heures, en vain, d'obtenir la garantie de l'État américain. Mais déjà les autorités américaines s'occupent d'une autre institution en difficulté, Merrill Lynch. L'affaire est rondement menée : en quelques heures, Bank of America, qui s'était déclarée au départ intéressée par Lehman, jette finalement son dévolu sur Merrill Lynch, et rachète la banque pour 50 milliards de dollars. Le dimanche après-midi, ignorant ces décisions qui signent l'arrêt de mort de sa banque, Dick Fuld continue à se démener. Il appelle le domicile de Kenneth D. Lewis, le patron de Bank of America. En vain. Au terme de multiples tentatives, quelqu'un décroche enfin. C'est Mme Lewis, qui répond sèchement : « Mr Lewis aurait rappelé s'il l'avait voulu. » Dick Fuld s'excuse et raccroche. C'est fini. Le lendemain, Lehman Brothers demande la protection de la loi américaine sur les faillites, afin de se protéger de ses créanciers pendant quelques mois, le temps de vendre ce qui peut l'être, dans les meilleures conditions.

Des dégâts insoupçonnés

Le coup porté ce dimanche soir-là à la finance mondiale est terrible. La dette de Lehman Brothers est énorme : 613 milliards de dollars. Et la structure du groupe jette les créanciers dans la plus grande incertitude. Il y a du papier garanti par Lehman Brothers Holding, gouverné par la législation américaine. Il y en a d'autres portant la garantie de la filiale britannique Lehman Europe, ou du véhicule de droit néerlandais Lehman BV...

Surtout, les ramifications d'affaires tissées par la banque américaine ont une étendue insoupçonnée. La Fed et le secrétariat américain au Trésor commettent une magistrale erreur d'appréciation : la faillite ne concerne pas uniquement les banquiers d'affaires et les investisseurs sophistiqués, mais une grande partie du monde financier. Elle injecte une telle dose de défiance dans les marchés que ceux-ci, quelques jours après l'annonce de la catastrophe, vont s'arrêter de fonctionner. Très rapidement, Henry Paulson comprend son erreur et tente tout pour renverser la vapeur. Deux jours après avoir décidé de ne pas intervenir pour Lehman, les autorités américaines injectent 85 milliards de dollars dans l'assureur AIG. Et cinq jours plus tard, le gouvernement américain présente un plan de sauvetage de 700 milliards de dollars, destiné au départ à racheter les actifs pourris des banques. Mais le mal est fait.

Une première conséquence inattendue et dramatique de la faillite de Lehman est qu'elle provoque le gel du plus ancien fonds monétaire américain, Reserve Primary Fund. Un nom quasiment inconnu en Europe, mais une institution aux États-Unis. Ce fonds, dont les actifs s'élevaient à l'été 2008 à plus de 60 milliards de dollars, était, dans l'esprit des investisseurs américains, aussi sûr et liquide qu'un carnet d'épargne ou un livret A. Les fonds monétaires constituent normalement les placements les plus solides. Ils investissent dans des papiers à très court terme émis par les États ou de grandes entreprises. Ils procurent un intérêt légèrement supérieur à celui d'un compte bancaire. Prisés par une large gamme d'investisseurs, des sociétés mais aussi des particuliers, ils représentent aux États-Unis un immense marché, qui pesait, à l'été 2008, 3 500 milliards de dollars. Or, Reserve Primary Fund détenait 785 millions d'obligations Lehman Brothers. Le 16 septembre, il communique qu'il gèle pendant quelques jours les remboursements, et qu'il ne restituera ensuite que 97 cents pour chaque dollar placé chez lui. L'annonce secoue les spécialistes : si l'on excepte un modeste cas en 1994, les fonds monétaires américains avaient jusqu'alors toujours remboursé les investisseurs à 100 %. Des milliards de dollars sont alors retirés de ces fonds par des clients inquiets qui cherchent refuge dans les titres d'État.

Le brusque assèchement du marché monétaire a une grave conséquence : les banques, privées désormais de cette source de financement, ne vont plus vouloir se prêter entre elles. Elles tiennent trop à conserver leurs liquidités excédentaires dans leurs coffres. Certaines institutions sont à genoux, et seront prêtes, le 30 septembre, à payer un taux d'intérêt de 11 % pour disposer des facilités en dollars de la banque centrale européenne.

La chute de Lehman Brothers ébranle aussi la petite épargne mondiale, qui émet des doutes sur la solidité des banques. Des retraits de dépôts sont effectués à partir de ce moment-là.

En Belgique, la faillite de Lehman coûte 800 millions d'euros aux trois grandes institutions qui détenaient des obligations de la banque d'affaires américaine : 500 millions d'euros chez Dexia, 145 millions chez KBC et 132 millions chez Fortis. Mais certains épargnants belges s'aperçoivent aussi, effarés, qu'ils étaient clients de Lehman Brothers sans le savoir. Citibank, Deutsche Bank, Fortis, Ethias, Swiss Life avaient ainsi vendu en Belgique des produits à capital garanti, soit sous la forme de contrats d'assurance vie, soit sous celle d'obligations structurées, qui étaient montées et garanties par la banque américaine et qui ne valent plus rien. Parmi ces clients floués, il y a le Premier ministre en personne : en commission des affaires économiques de la Chambre, Yves Leterme avoue qu'il a investi 20 000 euros dans un produit vendu par Citibank, garanti par Lehman !

Dix jours après la chute de la banque américaine, le mercredi 24 septembre, dans la soirée, Axel Miller, le patron de Dexia, est à Paris. Il gagne, un peu en retrait de la place de la Concorde, à côté de l'Hôtel de Crillon, le siège de l'Automobile Club de Paris, dans les salons duquel se rassemblent, un mercredi par mois, les membres du Siècle. Ce club très select accueille en son sein des politiques, des journalistes, des banquiers. Le jeune patron de Dexia en fait partie. Ce soir-là, il y côtoie Daniel Bouton, le président de la Société Générale, Bertrand Badré, le directeur financier du Crédit Agricole… Tous ces banquiers se regardent dans les yeux et se disent que le marché est sur le fil du rasoir. Ils sont d'accord : « La situation est dangereuse. Ils n'auraient jamais dû faire tomber Lehman. » Axel Miller n'imagine pas alors à quel point ce jugement le concerne de près. Cinq jours plus tard, Fortis et Dexia sont recapitalisées, et il doit remettre sa démission.

9

Vendredi noir

Baudouin Prot pose le combiné. Mèche grisonnante surfant sur un front haut, yeux bleus, lèvres fines, le patron de BNP Paribas se tourne distraitement vers les deux fenêtres qui surplombent la rue d'Antin, dans le IIe arrondissement parisien. L'énarque réfléchit quelques instants. La conversation téléphonique l'a émoustillé. Au bout du fil : Bruxelles. Jean-Paul Servais plus précisément, le patron de la Commission bancaire belge, qui lui a confirmé l'ouverture à minuit ce vendredi 26 septembre 2008 de *data rooms* chez Fortis, littéralement des « chambres de données », des pièces où sont mises à disposition de candidats acquéreurs les informations comptables, fiscales, sociales et opérationnelles de l'entreprise à reprendre. Fortis, premier bancassureur belge, est à vendre.

Une aubaine. Baudouin Prot se rappelle qu'en 2002 des pourparlers entre sa maison et l'institution belge en vue d'un rapprochement par échange d'actions avaient achoppé sur des questions d'organisation, de personnes et de prix. Belges et Français se disputaient notamment le siège et la tête du nouveau groupe. Michel Pébereau, l'actuel président du conseil d'administration, était encore aux manettes. Aujourd'hui, le patron, c'est lui. Peut-être n'a-t-il pas le brio de son prédécesseur mais comme dit Albert Frère, le roi du CAC 40, « c'est un vrai pro »... Bonne famille du très cossu XVIIe arrondissement parisien : papa est officier de cavalerie, maman veille sur les six enfants (Baudouin est l'avant-dernier). Le cursus respecte le minimum patronal de l'Hexagone : Haute école de commerce de Paris, plus connue sous le sigle « HEC », et la non moins célèbre École nationale d'administration, l'Ena. La suite se révèle des plus classiques : inspecteur des Finances puis entrée, au début des années 1980 chez BNP qui, à cette époque, appartient à l'État. Baudouin Prot n'a néanmoins rien du banquier hautain costumé dans son uniforme à rayures. « J'ai passé mon bac en 68. Si vous n'insultiez pas le professeur, vous aviez votre diplôme ; si en plus vous arriviez à l'heure, vous décrochiez une mention. » Le jeune homme devait être ponctuel... Anecdote ressassée. Et révélatrice. L'humilité est au rendez-vous, l'exigence aussi. Car le grand corps d'adolescent se défait de cette allure de pantin maladroit lorsque le terrain l'appelle. Le quinquagénaire se presse et déploie alors toute sa mesure comme en 2006, lors du rachat de la sixième banque italienne,

Banca Nazionale del Lavoro (BNL). Un coup de maître effectué en six mois. En ce vendredi automnal, Baudouin Prot n'hésite guère. La proie est aux abois, son cours de bourse part en vrille et les autres banques ne lui prêteront bientôt plus main-forte. Une équipe de soixante spécialistes est formée. Le Thalys, le TGV bordeaux qui relie Paris à Bruxelles, les attend gare du Nord. L'« opération Fortis » débute. Dix jours de folie.

Une faillite ? « Sans commentaire »

Tandis que la rue d'Antin fourbit ses armes, la bataille bat son plein à Bruxelles. Le jeudi 25 septembre, la rumeur est assassine. La Banque centrale néerlandaise aurait demandé à la Rabobank d'apporter un support de liquidités à Fortis. Ce dernier dément. Les intéressés aussi. Mais le marché entend. Et le cours poursuit sa chute : alors que le 1er septembre l'action valait encore 9,57 euros, en fin de séance ce jeudi le titre du premier banquier du royaume ne pèse plus que 6,53 euros. Plus conséquent : les robinets se ferment sur le marché interbancaire. Fortis est peu à peu privé d'oxygène. La Commission bancaire ne l'ignore pas car, depuis août 2007, ces besoins de liquidités qui se chiffrent en milliards d'euros sont examinés chaque semaine. En août 2008, la vérification devient même quotidienne. Aussi, Jean-Paul Servais rencontre Maurice Lippens.

« Il faut sérieusement penser à adosser Fortis à un groupe plus grand. Vous n'allez pas tenir tout seul, dit le président de la Commission bancaire.

– On y a déjà pensé », rétorque le comte.

Dans la soirée, Jean-Paul Servais saisit son téléphone et contacte Filip Dierckx, l'homme qui tient la maison Fortis. Le gendarme des banques sait que Herman Verwilst, l'administrateur délégué en titre, est cloué au lit depuis plusieurs jours. Le vendredi 19 septembre, le Gantois a présidé son dernier comité exécutif. Dans la nuit, le stress des dernières semaines s'est mué en malaise : l'ancien chef de cabinet de l'ex-ministre de l'Économie, le socialiste Willy Claes (qui fut également secrétaire général de l'Otan), se voit mourir d'une crise cardiaque. Nul infarctus mais la décision du médecin appelé à son chevet le samedi matin est sans appel : six semaines de repos complet.

« Il faut que vous envisagiez toutes les pistes stratégiques possibles. Vous n'avez plus le choix. Une data room doit être ouverte demain », lance Jean-Paul Servais à Filip Dierckx. Il est minuit.

Le lendemain à l'aube, Jean-Paul Servais répète l'exercice, avec Maurice Lippens cette fois. Un coup de fil désagréable pour une journée désagréable. En ce vendredi 26 septembre 2008, Fortis chute progressivement. La dégradation continue du cours boursier, combinée à des rumeurs sur les difficultés de la banque, pousse la direction du groupe à organiser une conférence de presse le midi. À 7 h 30, Filip Dierckx extrait Herman Verwilst de sa retraite médicale et l'invite à revenir dare-dare au siège de la banque, rue Royale. La situation se détériore de minute en minute.

« Herman, tu devrais venir à la banque. Il faut absolument que tu voies la presse. Il y a beaucoup de nervosité dans l'air et un tas d'hypothèses circulent. C'est à toi de ramener le calme », plaide Filip Dierckx.

Jean-Paul Servais multiplie les contacts. Tel est son devoir : tenter de sauver Fortis. Le président de la Commission bancaire est surtout aux abois. Si Fortis plonge, la tête du contrôleur n'échappera pas au billot politique. À l'aube, le gendarme des banquiers appelle André Bergen dont la berline s'engouffre sous la basilique du Sacré-Cœur, énorme gâteau aux relents art-déco qui domine l'ouest de la capitale. Le patron de KBC, raie tracée au peigne fin, moustache taillée, gagne ses bureaux pharaoniques qui bordent l'un des bassins du port. La conversation ne s'éternise pas.

« Seriez-vous prêt à entrer en discussion avec Fortis sur une fusion ? demande Jean-Paul Servais au deuxième banquier du royaume.

– Tu me prends de court, lui rétorque André Bergen. Ce n'est pas une question simple.

– Tu ne veux tout de même pas voir Filip Dierckx ? continue le président de la Commission bancaire.

– Ça, je le peux », conclut-il.

À la parole succède illico le geste : André Bergen contacte le patron faisant fonction de Fortis. Puis déroute son chauffeur. La voiture ne débouche pas sur la place Sainctelette, voisine du siège de KBC, poursuit sa course dans l'interminable tunnel et prend la direction de la rue Royale. Ou plutôt de la rue Ducale qui jouxte aussi le parc royal : Fortis y dispose d'un hôtel particulier pour les rencontres discrètes. Filip Dierckx a convié le patron de la grande institution flamande à partager un petit-déjeuner. Infructueux. La position d'André Bergen est limpide.

« À supposer que mes actionnaires soient d'accord avec un tel projet, on ne va pas conclure aujourd'hui, sur un coin de table. De plus, je dois te dire que je dispose actuellement de 2 milliards d'excédents de fonds propres : on ne va pas loin avec ça », précise calmement le patron de KBC à celui qui fut son collègue à la Générale de Banque, avant que cette dernière ne soit reprise, en 1998, par Fortis. La piste KBC est abandonnée.

Pendant qu'André Bergen tue l'idylle dans l'œuf, Jean-Paul Servais contacte Guy Quaden, le gouverneur de la Banque nationale de Belgique. Si le premier est chargé d'éplucher les comptes des grandes banques du royaume, vérifiant leur capacité à honorer leurs engagements vis-à-vis des clients, le second veille au bon fonctionnement du système financier national et à l'évitement de crises majeures. Une architecture de contrôle bicéphale.

« Ça chauffe. Les liquidités de Fortis s'évaporent », avertit le président de la Commission bancaire.

À 11 heures, les deux hommes sont attendus au 16 rue de la Loi, le cabinet du Premier ministre, le social-chrétien flamand Yves Leterme. Didier Reynders, le ministre (libéral francophone) des Finances, dont les bureaux sont dans le bâtiment contigu, les y rejoint. Jean-Paul Servais, un proche du grand argentier dont il fut le chef de cabinet, et Guy Quaden informent le couple ministériel des derniers développements du dossier Fortis. À ce moment, le doute n'est plus permis : le week-end qui s'annonce long ne pourra déboucher que sur une intervention en force de l'État ou un adossement à une autre banque. Yves Leterme et Didier Reynders enchaînent avec un conseil des ministres restreint, un *kern* dans le jargon gouvernemental, une réunion où ne sont conviés que les vice-Premiers ministres. Avant de s'y rendre, les deux hommes proposent à Guy Quaden de faire le point après le match du soir. À 20 heures, la Belgique du football aura les yeux rivés sur Sclessin, le stade du Standard de Liège. Les « Rouches », sacrés champions de Belgique la saison précédente après un quart de siècle d'attente, accueillent Anderlecht, le club de la capitale, l'éternel rival qui collectionne les titres nationaux. Et le Premier ministre, Flamand mais fanatique des Liégeois – un cliché de l'équipe l'entourant trône dans son bureau – comme son grand argentier ainsi que le gouverneur de la Banque nationale, tous deux originaires de la Cité ardente, n'entend pas manquer ce rendez-vous sportif et médiatique.

Quarante minutes plus tard, sur l'un des autres côtés du parc royal, dans les sous-sols du siège de Fortis, Herman Verwilst joue son va-tout. Le patron affaibli tente d'inverser la tendance devant un parterre de journalistes. Un message en trois points. Primo, les retraits. La banque ne connaît pas de reflux massif : les dépôts des clients particuliers, soit 80 milliards d'euros, n'ont reculé que de 3 %. Le marché n'ignore pas que les premiers à retirer leurs moyens sont les investisseurs institutionnels et les entreprises mais le groupe n'en pipe mot. Secundo, la liquidité. Sur ce point, pas de soucis non plus : Fortis s'appuie sur plus de 300 milliards d'euros. Tertio, la solvabilité. Encore moins problématique, souligne le patron qui annonce néanmoins un élargissement du plan de cessions d'actifs. La liste, initialement estimée à 2 milliards d'euros, s'étend aux filiales polonaise et turque pour viser entre 5 et 10 milliards d'euros. À 12 h 30, la conférence de presse est terminée. Les micros et les caméras se précipitent sur Herman Verwilst qui se plie plus d'une heure durant à l'exercice répétitif des entretiens particuliers. À 14 heures, l'administrateur délégué reprécise les choses par téléphone aux analystes financiers avant de s'échapper, quarante-cinq minutes plus tard, pour une consultation à l'hôpital universitaire de Gand. Sans avoir convaincu. Il ne reparaîtra pas.

À midi, tandis que le patron de Fortis essaie de rassurer les médias, débute une autre conférence de presse au second sous-sol du 16 rue de la Loi. Devant les journalistes, un trio. Secondé par deux de ses vice-Premiers ministres, Didier Reynders et la socialiste Laurette Onkelinx, le Premier ministre Yves Leterme entend délivrer un message sur la crise frappant Fortis. Les mots sont choisis et l'annonce martelée tel un slogan. « Nous garantissons qu'aucun client, aucun épargnant, ne sera laissé dans la difficulté », dit et répète à l'envi Yves Leterme, faisant référence au « Fonds de protection des dépôts et des instruments financiers » qui assure une couverture pour les dépôts bancaires à concurrence de 20 000 euros (quelques semaines plus tard, ce montant sera porté à 100 000 euros). « Les gens peuvent être rassurés par rapport à un certain nombre de rumeurs », insiste le Premier ministre qui s'adresse également aux marchés boursiers, chacun appelant à un peu plus de sang-froid.

Didier Reynders se veut aussi rassurant : « Il n'y a de problème de solvabilité dans aucune banque belge. C'est une réaction d'émotion comme les marchés en connaissent », précise le ministre des Finances, relativisant la descente aux enfers du cours boursier de Fortis. Le Liégeois montre même les dents : « Nous essayons de gérer au jour le jour cette crise qui vient des États-Unis. Des enquêtes sont en cours sur des fausses informations mises sur le marché. Des sanctions seront prises une fois leurs auteurs identifiés », avertit le grand argentier, indiquant être en contact quasi permanent avec les principaux acteurs de ce drame financier, Banque nationale, Commission bancaire et, évidemment, Fortis. Interrogé sur l'éventualité d'une faillite du banquier, le trio se refuse à tout commentaire.

« L'histoire ne vous retiendra pas comme un héros »

Peu avant 15 heures, Filip Dierckx rassemble ses notes et gagne la salle du conseil d'administration de Fortis où il a été invité. Seuls le Français Jacques Manardo, un ancien partenaire de Deloitte & Touche, et Herman Verwilst, « excusés », ne siègent pas autour de la table ce vendredi. Les onze autres membres ont répondu présents et écoutent l'exposé de celui qu'ils nommeront, dans quelques instants, à la tête du groupe. Une intronisation prévue le 1er octobre mais accélérée à cause de la défection de Herman Verwilst.

« Des clients s'interrogent sur les liquidités dont dispose Fortis, commence Filip Dierckx. Nous avons dû vendre du *collateral* (des garanties, c'est-à-dire des titres ou d'autres valeurs à mettre en gage) dans un marché très négatif. Nous devons donc prendre des mesures drastiques et urgentes parce qu'à la fin de cette journée nous n'aurons plus les garanties disponibles pour le marché interbancaire de lundi. Nous allons avoir besoin de liquidités additionnelles de la Banque nationale. »

Au chapitre des mesures urgentes figurent, outre le « prêt d'urgence marginal » de 5,4 milliards demandé à la Banque nationale, les premiers contacts avec des chevaliers blancs potentiels. Au premier rang, BNP Paribas. Durant la première quinzaine de septembre, Maurice Lippens, de passage à Paris, avait partagé un petit-déjeuner avec Michel Pébereau. Une habitude. Au détour de la conversation, le président de la première banque française avait glissé au comte : « Nous serons toujours là si vous estimez que notre présence peut être utile. » Moins d'un mois plus tard, cette présence est requise. Si les néerlandais ING et Rabobank se sont également manifestés, Daniel Carron du Crédit agricole a décliné. Tout comme André Bergen de KBC ou Emilio Botín de Santander, contacté personnellement par Maurice Lippens. Le gouvernement belge a aussi indiqué qu'il était prêt à injecter du capital, apprennent les administrateurs de Fortis qui instaurent alors un comité de crise en vue de discuter avec les autorités, d'assister le nouveau patron, Filip Dierckx [1], et d'informer le conseil. Deux Néerlandais et un Belge le composent : Jan-Michiel Hessels, le vice-président, Klaas Westdijk ainsi que Philippe Bodson. Les administrateurs décident de s'adjoindre les services de Morgan Stanley comme

1. Filip Dierckx ne porte pas le titre d'administrateur délégué parce qu'il n'est pas administrateur, fonction à laquelle seule une assemblée générale des actionnaires peut le nommer.

conseiller financier. Le conseil se termine. Il est 16 h 15.

Au même moment, à l'ombre de la cathédrale Saint-Michel, au quatrième étage de la Banque nationale de Belgique, débute une réunion du comité de stabilité financière. Cet organe rassemble les principaux dirigeants de la Banque nationale et de la Commission bancaire. Sa fonction : principalement l'échange d'informations entre les deux institutions chargées du contrôle. Onze personnes autour de la table ; ne manque que Luc Coene, le vice-gouverneur, qui s'est offert quelques jours de repos à Marrakech et qui essaie depuis la veille de trouver un vol le ramenant à Bruxelles. Guy Quaden qui préside la réunion cède rapidement la parole à Jean-Paul Servais, le patron de la Commission bancaire, ainsi qu'à l'un de ses lieutenants chargé du contrôle des banques, Rudi Bonte. Les gendarmes financiers dressent un constat catastrophique : Fortis quête des milliards d'euros sur le marché interbancaire. Sans succès. Les robinets se ferment à une vitesse « jamais vue », dira Guy Quaden. L'intervention de la Banque nationale est inéluctable. Les discussions se poursuivent durant plus de deux heures. Il est presque 19 heures lorsque la réunion s'achève sur la décision de se revoir le lendemain matin dans les locaux de la Commission bancaire. Guy Quaden enfile son manteau et plonge dans la berline allemande qui l'attend. Fortis l'a empêché de tenir ses promesses : le gouverneur avait prévu d'aller chercher ses enfants vers 17 h 30 au domicile familial, situé dans un quartier cossu du sud de la capitale, pour les emmener au choc entre le Standard et Anderlecht. La crise a modifié les plans : Mme Quaden conduit les jeunes au stade et monsieur arrive dès qu'il peut. Vers 20 h 30, quelques secondes après le coup d'envoi de la rencontre, le gouverneur pénètre dans l'arène liégeoise. Si le tandem Leterme-Reynders finit également par arriver en bord de Meuse, le principal parraineur d'Anderlecht n'est, quant à lui, pas dans la tribune du Standard : en cette soirée, Maurice Lippens, le président de Fortis dont le logo orne le maillot des Bruxellois, a pris la direction de la rue du Congrès où la Commission bancaire a établi ses bureaux dans un immeuble acheté en 2003 à Fortis. Jean-Paul Servais l'attend pour une énième réunion. Orageuse.

« C'est grave pour le pays. Nous allons avoir un cataclysme en Europe qui aura été allumé par la Belgique. Il faut faire quelque chose », se plaint-il auprès de Maurice Lippens avant d'asséner, rouge de colère : « L'histoire ne vous retiendra pas comme un héros. »

Les interlocuteurs qui l'ont traité de la sorte se comptent sur les doigts d'une main. Le parrain de l'économie belge ne bronche pas mais la flèche l'a touché. Le fondateur de Fortis sent que le vernis se craquelle. L'establishment du royaume s'apprête à vivre le séisme du siècle.

À une centaine de kilomètres à l'est, dans le chaudron de Sclessin, devant 28 000 spectateurs, Fortis est malmené : le match se solde par une victoire du Standard (2-1). Les supporters liégeois exultent mais à la joie se substitue rapidement l'inquiétude pour trois d'entre eux. Les a-t-elle jamais lâchés ? Leur souci principal, porté par onze footballeurs sur la pelouse, n'a cessé de danser sous leurs yeux. Yves Leterme, Didier Reynders et Guy Quaden se retrouvent comme convenu en fin de matinée, dans une loge du stade. Le constat se révèle apocalyptique.

Malgré les financements, déjà élevés, accordés par la Banque centrale européenne, soit 40 milliards d'euros (un doublement par rapport au début du mois), Fortis nécessitait ce vendredi matin quelque 19,8 milliards d'euros pour terminer la journée. Le premier banquier du royaume est parvenu à récolter 14,8 milliards d'euros sur le marché interbancaire alors que la veille, ces mêmes confrères lui octroyaient encore près de 25 milliards d'euros. Pour la première fois de son histoire, Fortis présente ce vendredi un découvert de trésorerie auprès de la Banque nationale de Belgique, l'obligeant à faire appel à un financement d'urgence pour 5,4 milliards d'euros. Et l'institution de la rue Royale a épuisé l'ensemble de ses « collatéraux », y compris les garanties gardées en « réserve stratégique d'urgence ». Le titre a subi une nouvelle séance boursière cauchemardesque, perdant plus d'un cinquième de sa valeur pour finir sa course à

5,2 euros. Côté clientèle, les institutionnels ont retiré 6 milliards et les particuliers 900 millions. En un jour. Le *bank run* tant redouté s'amorce. Mais le pire est à venir. Ce vendredi soir, Fortis sait que lundi, les besoins de trésorerie oscilleront entre 25 et 30 milliards d'euros (dont une partie significative en dollars). Des liquidités que la banque belge ne trouvera pas sur le marché. Autrement dit, dans quarante-huit heures, Fortis sera en cessation de paiement. Ou en état de faillite. Impossible, impensable tant pour l'économie belge qu'européenne. Le naufrage provoquerait un séisme d'ampleur continentale. Les trois hommes sont consternés. Restent deux jours pour trouver une solution.

Tandis que Liège fête la victoire des « Rouches », que le Premier ministre, son grand argentier et le gouverneur de la Banque nationale mesurent les dégâts de ce vendredi meurtrier, sur un quai de la gare du Midi à Bruxelles, où aboutissent les Thalys en provenance de Paris, débarquent des hommes en costumes. Autour de Philippe Bordenave, directeur financier de BNP Paribas, l'un des principaux lieutenants de Baudouin Prot, une soixantaine de juristes, experts en trésorerie, en informatique, ou en « risques ». Destination : le 20 rue Royale où les *data rooms* ouvrent leurs portes. La nuit commence à peine.

10

Week-end en bonnet de nuit

Samedi 27 septembre 2008. La course folle a commencé. Jos De Neef appelle ses fournisseurs. Des petits pains, de la charcuterie, du fromage, de la salade, des tomates. Ne rien oublier. Le maître-queux a été averti tôt ce matin. Un coup de fil. Laconique. Un déjeuner pour quelques dizaines de personnes. L'homme a rarement vécu une telle agitation et il n'est pas au bout de ses surprises. Dans l'après-midi, même topo, mais du chaud cette fois. Rappel des fournisseurs, nouvelle commande. Pour un menu du soir composé de solettes d'Ostende aux crevettes grises et épinards. L'effervescence qui règne dans les cuisines de la Commission bancaire n'est que le reflet de la fièvre des couloirs, des salons, des salles de réunion, et même du réfectoire, lieu de quiétude, coincé entre deux cours intérieures, qui ne s'anime habituellement qu'une ou deux heures, le midi. Pas le week-end. Pourtant les tablées se succèdent. Des Belges, des Français, des Néerlandais aussi. À défaut de dormir, les troupes mangent.

En ce samedi ensoleillé, le 12 rue du Congrès, siège de la Commission bancaire, financière et des assurances, joue les centres de crise. S'y croisent les candidats acquéreurs de Fortis, les dirigeants de la banque belge, les autorités de contrôle et les représentants de l'État. Si les *data rooms* sont à quelques centaines de mètres, dans les locaux de Fortis, rue Royale, les négociations proprement dites ont pris pour décor la sobre bâtisse du gendarme financier.

Dans la matinée, Didier Reynders désigne les défenseurs du camp public : Luc Coene, Peter Praet et Koen Van Loo. Ce dernier, trentenaire, économiste et fiscaliste, dirige la Société fédérale de participations et d'investissement (SFPI), bras financier du gouvernement belge. De 2003 à 2006, il fut le chef de cabinet du ministre des Finances. Une ligne de son curriculum vitae qu'il partage avec Peter Praet. Celui-ci seconda Didier Reynders de 1999 à 2000, avant de rejoindre la Banque nationale comme membre du comité de direction. Né en 1949, ce docteur en économie barbu et brillant enseigne à l'Université libre de Bruxelles, antre de la libre pensée belge, et partage ses idées dans quelques comités internationaux de haut niveau, tels que celui de Bâle sur le contrôle bancaire. Le troisième homme est tout aussi « bleu » (couleur du parti libéral, flamand comme francophone). Économiste, sexagénaire, l'œil vif, l'esprit aussi, Luc Coene, vice-gouverneur de la Banque nationale, a dirigé le cabinet de l'ex-Premier ministre, Guy Verhofstadt, de 1999 à 2001. Deux banquiers, un investisseur. Trois économistes. Trois ex-« cabinetards ». Trois tacticiens surtout.

Dans la ruche qu'est devenu le 12 rue du Congrès, peuplée d'avocats d'affaires, de banquiers, de réviseurs et de consultants, le trio va s'attacher, durant le week-end, à trouver la parade qui permettra de protéger l'épargne et d'éviter le bain de sang social. Autrement dit, maintenir Fortis debout. Au meilleur prix. Les offres ne seront pas nombreuses. Si l'assureur allemand Munich Re et son confrère néerlandais Aegon sont entrés dans les *data rooms*, ni l'un ni l'autre n'ont proposé un prix contrairement aux deux autres visiteurs de la fameuse chambre des données, BNP Paribas et ING.

Mais les offres n'aboutissent pas. L'État a décidé de prendre les choses en main. Les dirigeants du premier banquier belge sont écartés, isolés dans des salons du rez-de-chaussée. Les Lippens, Dierckx, Bodson et autre Hessels ne sont consultés que pour combler d'éventuelles lacunes, apporter des précisions. Dans la journée, Baudouin Prot poussera même la porte de la salle où sont logés les hommes de Fortis. Le patron de BNP Paribas apercevra Maurice Lippens, lâchera un « oups » et se retirera aussitôt. Le seul contact entre le comte déchu et l'énarque conquérant.

Étienne Davignon, en toute discrétion

À la Banque nationale, Guy Quaden, le gouverneur, appuie ses troupes mobilisées en ce samedi. Fortis a demandé une ligne de crédit d'urgence, un *emergency liquidity assistance agreement*, plus connu dans le jargon financier sous l'acronyme *Ela*. L'instrument ultime dont l'emploi nécessite deux préalables : l'urgence, comme son nom l'indique, ainsi que le caractère temporaire de la requête. Des critères qui n'ont rien d'automatique : la Banque nationale n'est pas tenue d'octroyer les crédits, l'acceptation du dossier étant laissée à sa discrétion. Car même si le feu vert du conseil des gouverneurs de la Banque centrale européenne s'impose encore, le risque que représente cet *Ela* est entièrement assumé par la Banque nationale de Belgique. D'ailleurs, de mémoire de banquier belge, nul n'y a recouru depuis les années 1930. Et, en une décennie d'existence, l'institution de Francfort n'a jamais eu à enclencher ladite procédure.

Les spécialistes de la Banque nationale évaluent ce samedi les garanties apportées par Fortis. Avec évidemment davantage de souplesse que sur le marché interbancaire. Parmi ces gages figure notamment l'ensemble du patrimoine immobilier du groupe. Dans son vaste bureau du quatrième étage, dominé par une toile de Pierre Alechinsky, *L'histoire se répète*, Guy Quaden réfléchit à une manière de persuader la sphère politique de la gravité de la situation. La crainte du gouverneur relève de la mosaïque gouvernementale : autour d'Yves Leterme, le Premier ministre, se retrouvent des mandataires issus de cinq partis différents. Des libéraux, des socialistes, des sociaux-chrétiens, sans oublier les disparités communautaires entre Flamands et francophones. Une année a quasiment été nécessaire afin de former cette coalition bigarrée. Aussi, prendre une décision se révèle parfois compliqué. D'autant plus lorsque la donne est complexe. Guy Quaden décide d'appeler, ce samedi matin, Jean-Claude Trichet, son homologue de la Banque centrale européenne.

« Ce serait très utile si tu venais à Bruxelles. Tu sais que Fortis connaît un énorme problème de liquidités et le gouvernement planche sur des solutions », explique-t-il au Français avec son truculent accent liégeois. Rendez-vous est pris. Le lendemain, Jean-Claude Trichet exposera à un conseil des ministres tout ouïe les dangers de la chute d'une banque « systémique ».

Les inquiétudes du gouverneur ne sont pas infondées. Le dossier Fortis truste les unes des journaux du week-end mais le monde politique a les yeux rivés sur une vieille brasserie bruxelloise, proche du canal de Charleroi, reconvertie en lieu d'accueil pour événements variés, et non sur le siège de la Commission bancaire. S'y tient un congrès du CD&V, le parti du Premier ministre, qui doit se prononcer sur l'implosion du cartel formé avec la N-VA. La formation d'Yves Leterme s'est unie à ce mouvement nationaliste flamand voici plusieurs années. Une association payante : le cartel a remporté les élections régionales en 2004, puis les législatives en 2007. Des victoires coûteuses. Surtout la dernière puisque la N-VA prône le séparatisme, la scission de la Belgique. Si à l'échelon régional flamand une telle revendication n'est pas un souci, au niveau national, elle devient, par essence, problématique. L'atout électoral s'est mué en boulet, mettant la démocratie chrétienne du Nord du royaume devant l'alternative suivante : soit privilégier le cartel et s'enfoncer dans une impasse communautaire qui conduira rapidement à la chute du gouvernement ; soit se séparer de ce dérangeant appendice extrémiste et poursuivre sur la voie du dialogue avec les partenaires gouvernementaux actuels afin d'aboutir à un accord sur une énième réforme de l'architecture institutionnelle de la nation. Yves Leterme a choisi la seconde option. Les militants sont appelés ce samedi à entériner la décision de leur chef de file. Une manœuvre délicate qui réclame toute l'attention du Premier ministre. La veille, alors que la tempête bancaire se levait, la socialiste Laurette Onkelinx, vice-Première ministre, lui a d'ailleurs soufflé : « Fais d'abord ce que tu as à faire au sein de ton parti. » Un vote négatif au congrès pourrait en effet engendrer une crise politique, « luxe » que ne souffre pas le front bancaire.

Vers 18 heures, après avoir répondu brièvement aux nombreux micros tendus, Yves Leterme quitte la salle. Plus de 80 % des militants l'ont soutenu. Un soulagement. « À sa place, j'aspirerais aussi à un peu de repos », glisse un membre du CD&V en le voyant s'éclipser. À cet instant, le Premier ministre ignore que les huit jours à venir ne lui ménageront qu'une quinzaine d'heures de sommeil.

Le chef du gouvernement file vers la rue de la Loi, dans le centre de Bruxelles. Non au 16, son cabinet, mais au 12. Plus discret. Le ministre des Finances l'y attend pour faire le point. Didier Reynders indique au Premier ministre qu'il a eu un contact avec Michel Pébereau, le président du conseil d'administration de BNP Paribas : le premier banquier français est intéressé, ses équipes planchent depuis la veille sur un rachat. Une armada d'experts qui impressionne, séduit même, les éminences belges. Des financiers sérieux, efficaces, songe Yves Leterme tandis que Guy Quaden lui annonce la venue, le lendemain, de Jean-Claude Trichet. À 23 heures, le Premier ministre convoque un conseil des ministres restreint. Les cinq vice-Premiers ministres écoutent les derniers échos du centre de crise de la rue du Congrès.

En ce samedi soir, pendant que le gouvernement commence à prendre la réelle mesure du désastre qui menace le royaume, Maurice Lippens s'est replié dans son quartier général de la rue Royale. Au premier étage du siège de Fortis, le président devise avec sa garde rapprochée, Philippe Bodson évidemment, des membres du comité exécutif du holding dont Peer Van Haarten, l'assureur en chef, Camille Fohl, le patron de la banque de détail, ou Filip

Dierckx, nommé CEO la veille à la place d'un Herman Verwilst à bout de forces. Sont également présents les hommes de Morgan Stanley, Dominique Lancksweert et Donald Moore, ainsi qu'une éminence de l'économie belge, Étienne Davignon, ancien administrateur du groupe, venu discrètement offrir sa vision synthétique hors pair et ses solutions limpides à son ami Maurice. Des issues que les dirigeants cherchent ardemment. Jusqu'à cet instant, simple objet des négociations, Fortis entend redevenir acteur. Au milieu de la nuit, Maurice Lippens et les siens regagnent la Commission bancaire et exposent aux représentants du gouvernement un plan qui tient en deux feuillets : une augmentation de capital de 4,5 milliards d'euros, injectés par l'État, en échange de 49,9 % de Fortis Banque, le bras bancaire du holding, ainsi que la cession d'ABN-Amro. Étienne Davignon a discuté de ce point précis avec Michel Tilmant, le Belge qui dirige la néerlandaise ING : pourquoi ne reprendrait-il pas la grande banque qui a coûté 24 milliards d'euros à Fortis ? L'ancien patron de la Banque Bruxelles Lambert (BBL), cédée en novembre 1997 par Albert Frère (entre autres) à ING, ne dit pas « non ». Par téléphone, discutant avec Donald Moore, le conseiller de Morgan Stanley opérant pour Fortis, Michel Tilmant cite même une fourchette : 10 à 12 milliards d'euros.

Vers 3 heures, chacun s'en retourne. La nuit porte conseil. Sauf pour Maurice Lippens. Épuisé physiquement et nerveusement, le comte rejoint son domicile bruxellois dans les quartiers chics du sud de la métropole. Mais le sommeil ne vient pas. Ou si peu. L'effondrement de son groupe le taraude. Comme les mots d'Étienne Davignon. Plusieurs voix le lui avaient déjà laissé entendre au cours de la journée. Mais, vers une heure du matin, les propos ne relèvent plus de la suggestion. Le téléphone collé à l'oreille, Étienne Davignon discute, prend des notes puis raccroche, songe un instant et regarde Maurice Lippens.

« Ce sont les politiques, tu sais, ils veulent un geste fort et demandent que tu te retires », explique le vicomte.

Le fondateur de Fortis n'ignore pas que la demande formulée par Didier Reynders et Yves Leterme s'apparente à une exigence, sinon une condition. « Un réflexe politique ; ils vont faire un effort important, je comprends », pense-t-il. Une tête à offrir en pâture.

À 7 heures, le dimanche, lorsque le sexagénaire s'extrait des plumes, cette même tête valse : le tourbillon des derniers jours, des dernières heures l'emporte dans un vertige. Maurice Lippens fait un malaise. Et ne se sent plus la force d'affronter Yves Leterme qui l'attend à 8 h 30. Le comte appelle Filip Dierckx.

« Je me sens mal, vas-y avec Bodson ou qui tu trouveras, moi je ne peux pas », lui confie-t-il, avant de tirer les rideaux et de se réfugier dans l'obscurité de sa demeure douze jours durant. Seules quelques communications avec Philippe Bodson ou Étienne

Davignon préserveront un contact avec le monde extérieur.

Des Bataves en embuscade

En ce dimanche 28 septembre 2008, lorsqu'il se réveille au premier étage du Lambermont, sa résidence de fonction, à quelques centaines de mètres à peine de son cabinet, le Premier ministre contemple le ciel et prédit une journée ensoleillée. Yves Leterme n'en jouira pas. Les réunions s'enchaînent et les premières offres atterrissent. Pour Michel Tilmant, la nuit a porté conseil : le patron d'ING ne s'arrête pas à ABN Amro et propose 1,5 euro par action pour la totalité du groupe. Un coup de poker. Les experts de Baudouin Prot ont également arrêté leurs calculatrices : l'écran affiche 2 euros. Par titre. Pour l'ensemble. Et BNP Paribas subordonne ce rachat à l'octroi de garanties d'État sur les produits toxiques. Luc Coene, négociateur public en chef, Peter Praet et Koen Van Loo examinent les deux propositions. À ce trio s'est joint Wim Coumans, l'envoyé spécial d'Yves Leterme. Un homme de l'ombre, « cabinetard » comme les autres. Davantage sans doute car cet économiste fut de tous les grands cabinets sociaux-chrétiens flamands : celui de Jean-Luc Dehaene, avant qu'il ne devienne Premier ministre, celui de Wilfried Martens lorsqu'il était Premier ministre, ou encore celui de Luc Van den Brande, ministre-président de la Région flamande à la fin du siècle dernier. En un mot, un fidèle qui présente l'opportun avantage d'avoir dirigé la Société nationale du crédit à l'industrie (SNCI), une institution publique cédée à Fortis. Aujourd'hui, Wim Coumans dirige un énième cabinet, celui d'Inge Vervotte, une syndicaliste que le naufrage de la Sabena a hissée sur la scène politique et qui dirige le ministère des entreprises publiques. Yves Leterme lui a emprunté son « cerveau », le préférant à son propre chef de cabinet Hans D'Hondt. Le trio devenu quatuor d'experts gouvernementaux compare les 1,5 et 2 euros par action soumis par les deux candidats au cours de Fortis en fin de séance boursière de vendredi : 5,2 euros. Leurs conclusions ne tardent pas : ces offres sont insuffisantes. Même dans les conditions dramatiques qui sont celles du bancassureur. Les experts publics les rejettent.

À midi, ce dimanche, la ministre française des Finances, Christine Lagarde, embarque dans un avion de la République à l'aéroport militaire de Villacoublay, à une vingtaine de kilomètres au sud-ouest de Paris. Destination : Zaventem, l'aéroport principal de Bruxelles. Deux Jean-Claude, Juncker et Trichet, respectivement Premier ministre luxembourgeois et gouverneur de la Banque centrale européenne, lui ont glissé à l'oreille, la veille, que sa présence dans la capitale de l'Europe, au moment où le continent essuie sa première défaillance bancaire, en pleine présidence française de l'Union européenne, « ne serait pas une mauvaise chose ».

Tandis que Christine Lagarde s'envole, Jean-Claude Trichet arrive à la Banque nationale de Belgique. Le gardien de la stabilité monétaire européenne est vissé à son téléphone : le groupe munichois Hypo Real Estate, spécialisé dans le crédit immobilier ainsi que le financement des collectivités, sombre aussi et le gouvernement allemand est à son chevet. À 14 heures, Guy Quaden emmène le gouverneur de la Banque centrale européenne au cabinet du Premier ministre. Jean-Claude Trichet, la mine grave, l'air anxieux, s'installe dans le fauteuil d'Yves Leterme qui l'assaille de questions sur la crise financière et les moyens d'en sortir.

« Honnêtement, je n'en sais rien. Ce que nous vivons actuellement ne s'est jamais produit. C'est inédit, complètement irrationnel », conclut le Français devant Yves Leterme et Didier Reynders, le ministre des Finances. Quant au sauvetage de Fortis, le banquier central ne tergiverse pas : si le bancassureur belge tombe, d'autres institutions plongeront, estime-t-il en imitant de la main un revolver décochant ses coups sur les banques. « Il faut agir. Nous serons là pour vous soutenir », termine-t-il. Pendant que le gouverneur discourt sur la crise et ses origines, la porte s'ouvre sur Christine Lagarde. La ministre française des Finances se joint aux trois hommes. Yves Leterme interpelle encore le banquier sur l'adéquation d'un éventuel renflouage de Fortis par les autorités publiques avec le droit de la concurrence européen.

« On va d'abord sauver la banque puis on verra quel formulaire il faut remplir à la Commission européenne », rétorque Jean-Claude Trichet qu'Yves Leterme convie, dans un souci de transparence et d'information, à répéter l'exercice devant l'ensemble du gouvernement à 18 heures.

Le sort de Fortis est scellé : la piste de l'adossement n'a pas livré le résultat escompté ; l'entrée de l'État dans le capital s'impose. Aussi Didier Reynders est-il chargé d'annoncer la nouvelle à Baudouin Prot sans lui claquer la porte au nez. Si le Premier ministre comme son grand argentier sont convaincus de la pertinence, ce dimanche, d'une opération de sauvetage public, Yves Leterme et Didier Reynders le sont tout autant du caractère provisoire de cette solution. À leurs yeux, l'État n'a pas à jouer les banquiers. Durant ce week-end, les dirigeants de Fortis ne les ont surtout pas rassurés, du moins telle est la perception du Premier ministre. Yves Leterme estime ne pas avoir reçu de réponses claires à ses questions, ni de la direction, ni des actionnaires, et a l'impression d'évoluer constamment dans un flou qui ne lui inspire guère confiance. Les équipes envoyées par BNP Paribas n'ont en revanche cessé de l'éblouir par leur rigueur et leur précision. Deux qualités appréciées au 16 rue de la Loi. Bref, Didier Reynders exhorte Baudouin Prot à ne pas clore le dossier Fortis. Et à être patient.

À 18 heures, au « Seize », les ministres sont au rendez-vous. Jean-Claude Trichet aussi. Le conseil débute. Au même instant, au 20 rue Royale, à quelques centaines de mètres, les administrateurs de Fortis se réunissent. Maurice Lippens est « excusé ». Le comité de direction du groupe est invité à se joindre à la discussion ainsi que les conseillers de Morgan Stanley et du cabinet d'avocats Linklaters. Plusieurs membres du conseil d'administration s'étonnent de la situation catastrophique de Fortis. Jan-Michiel Hessels qui assure la présidence ad interim évoque une combinaison de rumeurs boursières, de chute de l'action et d'assèchement du marché interbancaire. « Il n'y a pas d'indication de spéculation de concurrents contre Fortis en vue d'une reprise hostile », précise encore le Néerlandais. Quelques administrateurs regrettent de n'avoir pas été informés plus tôt par les dirigeants de ce problème de liquidités. « La détérioration a été très rapide », intervient un membre du comité de direction.

Avant que Filip Dierckx et Jan-Michiel Hessels ne détaillent la proposition qui est sur table, Louis Cheung, le représentant de l'assureur chinois Ping An, premier actionnaire du groupe avec près de 5 %, indique qu'il s'abstiendra lors du vote, arguant d'un « conflit d'intérêt ».

« Le gouvernement luxembourgeois a dit samedi qu'il était prêt à prendre une part dans Fortis Banque Luxembourg. Au total, la Belgique investirait 4,5 milliards et le Luxembourg 2,5 milliards. Tous deux deviendraient actionnaires minoritaires. Ils sortiraient du capital après un an », explique Jan-Michiel Hessels, signalant également que Maurice

Lippens démissionnerait. Enfin, Donald Moore de Morgan Stanley déplore que les acheteurs potentiels n'aient parlé qu'avec les autorités publiques plutôt qu'avec Fortis. Il est 18 h 45 lorsque le conseil est interrompu.

Filip Dierckx rejoint le 16 rue de la Loi. De grandes manœuvres s'annoncent. Quelques minutes plus tôt, Yves Leterme et Jan Peter Balkenende, le Premier ministre néerlandais, se sont entretenus par téléphone. Le Premier ministre belge découvre que Wouter Bos, le ministre néerlandais des Finances, est à Bruxelles et qu'il désire le rencontrer. Un souhait exaucé quelques instants plus tard. Et, lorsque le grand argentier débarque au « Seize », les propos sont clairs et francs : « Nous sommes prêts à mettre de l'argent. » Quatre milliards précisément. Son chèque déposé, Wouter Bos ne s'attarde pas, laissant les techniciens œuvrer. Il reviendra plus tard.

Les autorités néerlandaises avaient été alertées le vendredi soir. Vers 20 heures, Jean-Paul Servais avait téléphoné à Nout Wellink, le patron de la Banque centrale néerlandaise, pour l'informer des pourparlers qui seraient entamés le lendemain et pour l'inviter à rejoindre la table des discussions. Alors que les Luxembourgeois s'étaient manifestés dès le samedi – Jean-Claude Juncker, le Premier ministre, rencontrant même des dirigeants de Fortis dans la soirée –, La Haye n'avait envoyé personne rue du Congrès, au siège de la Commission bancaire.

Une retenue apparente. Wouter Bos avait été dépêché dans la capitale belge. Prêt à bondir.

Il est 20 h 30 quand Jean-Claude Trichet se rassoit dans le fauteuil en cuir noir de Guy Quaden, au quatrième étage de la Banque nationale. Le gouverneur belge a pris place en face, sur le siège réservé aux visiteurs. Le Français saisit le combiné de l'un des deux téléphones qui trônent sur la table, celui de la ligne sécurisée filant vers Francfort. Pendant trois heures, le conseil des gouverneurs de la Banque centrale européenne sera présidé depuis ce bureau soumis aux douces vibrations provenant du tunnel ferroviaire sur lequel repose la bâtisse. Au menu, notamment, les crédits d'urgence ou *emergency liquidity assistance agreement*, les fameux *Ela*, accordés par la banque de Belgique à Fortis, soit 60 milliards d'euros (auxquels s'ajoutent 40 milliards d'euros de crédits « normaux »), ainsi que les problèmes rencontrés par l'allemande Hypo Real Estate.

Tandis que les banquiers centraux du continent achèvent leur réunion, l'avion de Christine Lagarde atterrit à Villacoublay et le Thalys de Baudouin Prot approche de la gare du Nord à Paris. Les Français sont rentrés. Partie remise. Yves Leterme, Didier Reynders, Wouter Bos et Filip Dierckx se dirigent quant à eux vers le deuxième sous-sol du 16 rue de la Loi. La salle de presse. Les techniciens ont transformé les volontés politiques en chiffres et en lettres contractuels. L'accord est conclu. L'État belge, via la Société fédérale de participations et d'investissement (SFPI), injecte 4,7 milliards d'euros dans Fortis Banque. Le bras financier du gouvernement hérite de 49,93 % de l'institution bancaire. Schéma similaire pour les deux autres États : les Néerlandais s'offrent 49,9 % de Fortis Bank Nederland pour 4 milliards d'euros et les Luxembourgeois accordent un prêt convertible en actions (à concurrence de 49,9 %) de 2,5 milliards d'euros à la filiale locale du groupe, Fortis Banque Luxembourg. Fortis s'engage à céder ABN Amro et Maurice Lippens démissionne. Les éminences se félicitent, Fortis est sauvée, quasiment nationalisée. Il est minuit.

Filip Dierckx regagne la rue Royale pour finir le conseil interrompu peu avant 19 heures et surtout pour obtenir l'aval des administrateurs sur la transaction qui vient d'être présentée aux médias. Le patron du groupe expose les contours de l'opération et précise sur la cession d'ABN Amro : « ING a offert 5 milliards d'euros pour RFS [1]. Ça n'a pas été jugé acceptable mais c'est négociable pendant deux semaines avec ING. » Une offre hautement périssable puisque, le lendemain, alors que son cours s'effondre, perdant plus de 10 % en fin de séance, la grande banque néerlandaise annoncera, par voie de communiqué, que cette acquisition « ne correspond plus à ses exigences financières ».

Au conseil, Donald Moore, l'homme de Morgan Stanley, estime que « la transaction préserve la

1. L'instrument de droit néerlandais qui porte ABN Amro.

valeur pour les actionnaires. L'action pourrait descendre à 2 ou 3 euros. Nous pensons que, pour un temps, elle oscillera entre 3 et 4 euros ». Plusieurs voix dénoncent la méthode du gouvernement belge qui relève de la « contrainte » à l'égard de Fortis. Finalement, l'opération est avalisée mais avec un bémol, acté dans le procès-verbal : « Le conseil d'administration a dû décider dans des circonstances extrêmement difficiles puisque aucun document n'était disponible [...]. » Il est 0 h 47.

L'incendie chez Fortis paraît maîtrisé mais un autre menace à quelques centaines de mètres à peine. Devant le conseil des ministres quelques heures plus tôt, Jean-Claude Trichet avait averti : Dexia tire de plus en plus sur les facilités de crédit normales de la Banque centrale européenne. Les 100 milliards d'euros sont largement dépassés. Le gouverneur de la Banque nationale de Belgique, Guy Quaden, s'était même montré plus explicite : « Dépêchez-vous de régler aujourd'hui le problème Fortis. Dexia viendra demain. »

11

Dexia, c'est pour demain

Il n'est pas du genre à avoir des états d'âme et sait que la « maison brûle ». Ce dimanche 28 septembre 2008, dans le milieu de l'après-midi, Axel Miller, le patron du groupe franco-belge Dexia, le numéro un mondial du financement des collectivités locales, se présente au 12 rue de la Loi. Flanqué de Xavier de Walque, son directeur financier, il vient demander au ministre des Finances Didier Reynders le secours de l'État. « Si Dexia ne veut pas sombrer, elle a besoin d'une recapitalisation immédiate », dit-il. Il ébauche aussitôt le plan qui, selon lui, est le meilleur : la France reprend le pôle Crédit Local de France, d'où viennent les problèmes de liquidités, et la Belgique, Dexia Banque. Didier Reynders entend bien, mais n'a pas de temps : « Nous sommes à 110 % sur le dossier Fortis, vous devez attendre 24 heures. »

Dans l'environnement immédiat de Dexia, la situation s'est dégradée. Les problèmes de Fortis, étalés au grand jour, fragilisent la banque. Aux États-Unis, le géant de l'assurance AIG et la grande banque d'épargne Washington Mutual vacillent. En Islande, le système financier est au bord de l'asphyxie : l'État se prépare à nationaliser les trois grandes banques du pays. En Grande-Bretagne, la banque Bradford & Bingley, spécialisée dans les crédits immobiliers, négocie elle aussi un sauvetage de l'État.

Mais surtout, un des concurrents immédiats de Dexia dans le marché du financement des collectivités locales, la banque allemande HypoReal Estate, est en train de sombrer. Depuis une semaine, elle cherche à bénéficier auprès de plusieurs banques, et avec l'aide de l'État, d'un emprunt de 35 milliards d'euros : Depfa, sa filiale irlandaise, perd des centaines de millions d'euros sur son portefeuille de produits toxiques. Or Depfa ne possède pas de réseau d'agences pour collecter des dépôts. Elle dépend pour vivre de l'argent levé sur les marchés financiers, via les « covered bonds », des obligations qui sont garanties par les projets d'infrastructures que finance Depfa : des ponts, des piscines, des bâtiments divers. Exactement comme l'importante filiale française de Dexia, Dexia-Crédit Local de France. Si HypoReal Estate tombe, Dexia sera dans le collimateur des marchés.

Tous ces risques qui surgissent en ce week-end du 27-28 septembre inquiètent Dexia, qui détient un vaste portefeuille d'obligations bancaires. Il y a sur ces différents émetteurs pour quatre milliards de pertes potentielles.

Les autorités financières belges n'ignorent pas cette fragilité. Quelques jours plus tôt, un des directeurs de la Banque nationale avait demandé à André Bergen, le patron de KBC, la grande banque flamande devenue la première banque belge en termes de capitalisation boursière, s'il n'était pas preneur d'une fusion avec Dexia. André Bergen avait poliment mais fermement refusé. Ses actionnaires flamands, très soucieux de leur indépendance, n'avaient aucune envie de s'associer à un groupe bancaire fragile, à caractère étatique et à dominante francophone.

Mais si Dexia renforce rapidement ses fonds propres, la banque devrait continuer à attirer les liquidités. Telle est la stratégie.

En réalité, la nécessité de recapitaliser l'institution franco-belge prend corps depuis quelques jours, essentiellement depuis le mercredi 24 septembre. Ce jour-là, Dexia est attaquée sur le marché très particulier des « credit default swaps » (CDS), ces contrats d'assurance qui permettent de se couvrir du défaut d'un émetteur d'obligations. La valeur des CDS de Dexia est en hausse : le marché estime que le risque d'une défaillance augmente, et Dexia ne trouve plus de contrepartie prête à la financer. Quelques jours plus tôt, la banque d'affaires américaine Lehman

Brothers est tombée en faillite. Depuis, les banques se regardent en chiens de faïence.

Dexia doit frapper un grand coup.

Le vendredi 26 septembre, assistant à la dégradation heure par heure du marché du crédit interbancaire, Axel Miller, son directeur financier Xavier de Walque et le directeur de la gestion des risques Claude Piret prennent la décision de renforcer le capital. Dans les bureaux de la direction, aux 33 et 34e étages de la tour Dexia, au cœur de Bruxelles, c'est l'effervescence. Le patron de Dexia commence à avertir ses grands actionnaires belges. Il avait prévu de passer un week-end en famille dans les Ardennes belges. Ce sera pour une autre fois. Les administrateurs français ne sont pas vraiment au courant de toute cette agitation belge. Pierre Richard, l'ancien patron français de Dexia, qui préside le conseil d'administration, s'inquiète surtout des retombées générales de l'affaire Fortis. Il est préoccupé par le risque de liquidités qui touche toutes les banques. Avant de partir rejoindre un de ses enfants dans le Midi, il prend contact, ce vendredi encore, avec le secrétariat général de l'Élysée. Il suggère que la France, qui assure alors la présidence de l'Union européenne, propose à l'ensemble des États membres de s'engager à prévenir toute faillite bancaire sur leur territoire. Il faut absolument éviter un second Lehman. « J'avais prévu de partir dans le Sud ce week-end. J'annule si nécessaire », dit Pierre Richard à Axel Miller. Le patron de Dexia lui répond qu'il pilote l'ensemble de l'opération. Il le tiendra informé par téléphone.

Xavier de Walque et ses équipes établissent les estimations : pour passer le cap et disposer d'un tampon de sécurité suffisant, Dexia a besoin de 7 milliards d'euros. Axel Miller appelle son banquier d'affaires Goldman Sachs, et les juristes : « Tenez-vous prêts pour le week-end », leur dit-il.

Le lendemain, samedi 27 septembre, le patron de Dexia prend contact avec la Banque nationale pour lui annoncer l'urgence de la situation. Et il commence à faire le tour des actionnaires belges, qui détiennent ensemble 41,7 % de la banque.

Problème d'ancre

Un trio constitue l'ancrage belge de Dexia. Le Holding Communal regroupe les intérêts des municipalités belges. Il est alors actionnaire à hauteur de 17,1 %. Arco, un groupe financier proche des syndicats chrétiens, dispose de 18,3 %. Et l'assureur mutualiste liégeois Ethias, au conseil d'administration politisé et dans lequel les socialistes, tant flamands que francophones, sont les plus influents, détient 6,3 %.

Chacun de ces actionnaires a ses faiblesses.

Ethias, d'abord, qui est doublement ébranlé par la crise. « First », un compte d'assurance-vie à versement et à retrait libres, le principal produit de l'assureur, fait l'objet de retraits. Les clients, dans l'esprit desquels le nom de Dexia est lié à celui d'Ethias, commencent à s'interroger. Surtout depuis qu'ils ont appris qu'Ethias avait vendu pour 92 millions d'euros de contrats d'assurance dont le capital était garanti par Lehman Brothers.

En outre, une fissure, invisible de l'extérieur, mais grave néanmoins, fragilise la compagnie liégeoise : l'échec d'un projet stratégique, celui de faire partie de Covea, le groupement de trois grands assureurs mutuellistes français (GMF, MMA et MAAF) qui ensemble représentent plus de trois fois les actifs d'Ethias. Un partenariat rêvé pour la compagnie belge qui se trouve trop petite : la mise en commun des actifs des quatre partenaires permettrait de constituer une masse d'une centaine de milliards d'euros. Un tel montant permet des économies d'échelle, et offre un meilleur accès aux marchés financiers. « Nous étions très, très loin. Les organes de direction, les représentants au conseil d'administration, tout avait déjà été précisé », se rappelle un administrateur d'Ethias. Le conseil d'administration devait formellement entériner l'accord fin septembre. Mais au sein de Covea, Ethias est la seule compagnie à être davantage orientée dans l assurance vie. Et donc, à être plus sensible aux marchés financiers. Le mardi 23 septembre, l'agence de notation Fitch dégrade la note financière d'Ethias-Vie, la principale caisse du groupe. Le projet de regroupement est suspendu.

Le moment n'est donc pas bien choisi pour demander à l'assureur liégeois de mettre la main au portefeuille pour recapitaliser Dexia.

Le Holding Communal reflète, de son côté, l'impuissance financière des collectivités locales belges. Ces actionnaires publics, impécunieux, cherchent à toucher les dividendes, généreux, de Dexia, qui est aussi leur banquier. En Belgique, la banque détient une part quasi monopolistique – environ 80 % – du marché du financement des collectivités locales. Le Holding, qui doit déjà supporter un endettement de plus de 1,2 milliard d'euros, peut difficilement assumer un nouvel effort financier.

Quant au groupement coopératif Arco, il est entré dans Dexia lorsque sa banque, Artesia, a été absorbée par Dexia lors de l'été 2001. Le financement d'Arco repose sur 800 000 coopérateurs, qui s'interrogent également. Car le nom d'Arco, lui aussi, est indissociable de celui de Dexia.

Le trio n'est pas capable d'assurer seul le refinancement de la banque.

Le patron belge sait tout cela. Il a donc besoin des États. Et du côté français, plus précisément de la CDC, la Caisse des Dépôts et Consignations, véhicule financier de l'État français, qui détient 11,9 % de Dexia, à quoi il faut ajouter 2 % logés dans la CNP, la filiale d'assurance de la Caisse des Dépôts.

Le dimanche 28 septembre, dans l'après-midi, Axel Miller appelle donc Paris. Dans son bureau de la rue de Lille, Augustin de Romanet, le bouillant patron de la CDC, est entouré de conseillers. L'équipe française ne mâche pas ses mots. Le management belge a commis de lourdes fautes. Et son argent, l'actionnaire français compte le faire payer très cher. La terminologie employée par l'équipe de la rue de Lille est brutale : « Il faut tondre les actionnaires, les rincer, les lessiver. » Augustin de Romanet laisse entendre que le risque d'une panique et d'une fuite des dépôts est un problème spécifiquement belge, qui ne le concerne pas directement.

Pendant ce temps, Pierre Richard, qui a vécu un week-end difficile, restant accroché des heures durant à son téléphone portable, revient à Paris et apprend seulement alors le projet de recapitalisation de Dexia. Un conseil d'administration est convoqué pour le soir même, à 21 heures. Il est tendu. Les administrateurs français ont le sentiment d'avoir été prévenus trop tard. Les représentants des actionnaires belges se demandent où trouver l'argent. Et Augustin de Romanet – qui pressent que c'est lui qui devra sans doute mettre le plus – précise que la CDC participera à l'effort à hauteur de son poids dans le capital de Dexia, mais pas plus. Ce dimanche soir, un bras de fer franco-belge est amorcé.

Deux achats malheureux

Comment Dexia en est-elle arrivée là ? La banque est un des premiers dominos à tomber dans le jeu bancaire européen parce qu'elle a accumulé les problèmes, sans jamais les résoudre.

Il y a d'abord des investissements malheureux réalisés en 2000 et 2001, aux Pays-Bas et aux États-Unis, lorsque Pierre Richard était le patron du groupe. Aux Pays-Bas, Dexia, sur les conseils de sa filiale luxembourgeoise, la BIL, acquiert une banque d'affaires, Kempen, et une institution active dans la gestion patrimoniale, Labouchère. Cette dernière est spécialisée dans un produit d'investissement très particulier, le leasing d'actions. La banque propose à ses clients néerlandais d'emprunter et d'utiliser ce capital pour investir en bourse. Le mécanisme est avantageux : non seulement la bourse monte depuis des années, mais aux Pays-Bas, un particulier peut encore à l'époque déduire fiscalement les intérêts d'un emprunt. Dexia réalise toutefois cette acquisition au moment où La Haye est en passe de modifier sa législation fiscale. Et la bourse est à la veille du krach internet. Lorsque Dexia devient propriétaire de Labouchère, et que les bourses plongent, les clients se retrouvent avec des dettes qui ne sont plus déductibles et qui ne sont plus couvertes par leurs actions. Ils se rebellent en masse. Près de deux cent mille d'entre eux entament une action contre Dexia, qui perd 1 milliard d'euros dans l'aventure.

Dexia ne sera pas plus heureuse avec FSA, l'assureur américain que le groupe a acquis pour 2,7 milliards d'euros en 2000. FSA est active dans un domaine très particulier de la couverture de risque : l'assurance « monoline ».

Un assureur classique agit comme une mutuelle : il rassemble un groupe de clients qui désirent se couvrir d'un risque et calcule la prime qu'il demande en fonction de la probabilité que ce risque survienne. Un assureur monoline, lui, ne couvre qu'un seul type de risques (d'où son nom). Il s'engage à rembourser les détenteurs d'obligations si celui qui les a émises ne peut plus assumer ses charges financières. L'assureur monoline ne raisonne pas en termes de probabilité de survenance d'un défaut. Il étudie chaque dossier pour ne choisir que les bons. Et les bons dossiers sont ceux des pouvoirs publics : les communes, les comtés… trop petits pour pouvoir emprunter de l'argent bon marché sur leur seule signature, mais qui ont un risque de faillite très faible. À une ou deux exceptions près, qui a vu une commune faire banqueroute ? Ces municipalités américaines sont contentes de ces services : grâce à la couverture de la compagnie d'assurances, elles peuvent emprunter moins cher dans les marchés.

Jusqu'en 2007, le métier est très juteux. L'assureur touche en commission la moitié, voire plus, de l'économie financière réalisée par ses clients. Et ces assureurs ne sont pas étouffés par les contraintes réglementaires : ils peuvent fonctionner avec de faibles fonds propres, ce qui fait encore flamber leur rentabilité.

Toutefois FSA et ses consœurs veulent participer elles aussi à la grande fête de Wall Street. Ces assureurs veulent toucher des commissions sur les opérations complexes montées par les banques d'affaires. Ils se mettent alors à offrir leur garantie aux CDO *(collateralized debt obligations)*, ces obligations adossées à des paquets de crédits, parmi lesquels se trouvent des crédits immobiliers à très haut risque. Lorsque le marché immobilier américain s'effondre, à partir de l'été 2006, on assiste à une flambée des défaillances sur les crédits immobiliers. Et les résultats des *monoliners* s'en ressentent rapidement.

Les deux principaux concurrents de FSA, MBIA et Ambac, se débattent dès 2007 pour éviter la faillite. Tout au long de cette année-là, FSA, la filiale de Dexia, se déclare toutefois à l'abri des turbulences. Contrairement à ses deux grands concurrents, elle n'a pas donné de garantie, elle, à ces CDO toxiques. Elle n'est pas immunisée pour autant.

Le 4 février 2008, Dexia annonce qu'elle apporte 500 millions de dollars au capital de sa filiale américaine. Officiellement pour profiter des opportunités qui s'ouvrent avec la paralysie de ses deux grands concurrents. Mais quatre mois plus tard, le doute n'est plus permis : FSA, qui avait entre 2000 et 2006 accumulé près de 1,9 milliard de dollars de bénéfice, voit ses résultats s'effondrer. L'assureur accuse une perte nette de 422 millions de dollars sur le seul premier trimestre. Car la filiale de Dexia a garanti des obligations liées à des hypothèques en second rang et à des crédits aux ménages adossés à la valeur de leur logement. La perte s'aggrave au fil du temps car une autre activité commence à poser problème. FSA n'est pas seulement un assureur, c'est aussi un gestionnaire d'actifs. Sa division « produits financiers » propose des produits d'investissement, assortis d'une garantie de revenus. Ils sont souscrits par les communes, mais aussi d'autres investisseurs plus spéculatifs comme des hedge funds. Au début de 2008, cette activité pèse environ 18 milliards de dollars. Or, ces dépôts sont investis par FSA dans des obligations adossées à des crédits immobiliers résidentiels.

Et au fur et mesure que le marché immobilier s'effondre aux États-Unis, ces « produits financiers » se transforment en un piège implacable : les clients reprennent leurs dépôts, et pour les rembourser, FSA doit vendre des obligations dont le marché ne veut plus. Fin juin 2008, Dexia est obligée de garantir une ligne de crédit de 5 milliards de dollars à sa filiale américaine, et en août, la banque injecte encore 300 millions de dollars supplémentaires dans son capital.

Cette situation périlleuse n'échappe pas aux hedge funds. Le 19 juin 2008, à New York, le cabinet d'avocats Jones Day organise une conférence. Bill Ackman, jeune quadragénaire qui dirige Pershing Square, un fonds spéculatif qui pèse 6 milliards de dollars, prend la parole. On l'écoute avec attention : n'a-t-il pas prédit voici plus de six mois, l'effondrement des deux principaux assureurs monoline américains, MBIA et Ambac ? Bill Ackman attaque la filiale américaine de Dexia bille en tête. « Le marché ne s'est pas encore réveillé au sujet de FSA, dit-il. Cet assureur bénéficie d'une notation financière "triple A", mais n'y regardez pas de trop près, car FSA pourrait tomber en faillite. » Le patron du hedge fund conclut son exposé en annonçant qu'il a pris des positions contre FSA.

L'annonce précipite la chute de l'action Dexia. Entre le début du mois de mai et le début du mois de juillet, elle tombe de 18,5 à 9,7 euros.

En 2008, FSA coûtera finalement plus de 3,1 milliards d'euros à Dexia. La banque sera forcée de revendre sa filiale, mais de conserver, avec l'aide de la garantie des États, le risque du portefeuille financier.

Un mariage blanc

Outre ces acquisitions malheureuses, Dexia souffre aussi d'un manque flagrant d'intégration. L'union entre les pôles belge et français ne sera jamais consommée.

Pourtant, lorsqu'elle est célébrée, elle promet beaucoup. Le mariage du Crédit Local de France, qui, sous la direction de Pierre Richard, s'est émancipé de la Caisse des Dépôts et Consignations, et du Crédit communal de Belgique de François Narmon est une des premières fusions bancaires transfrontalières en Europe. Elle est due à l'opiniâtreté des deux patrons : entre le Belge et le Français, le courant est passé très rapidement. Leurs origines sociales modestes les rapprochent, mais aussi une certaine vision de l'État. Par nature, en raison de la faiblesse de l'État fédéral, la Belgique est décentralisée. Et le Bourguignon Pierre Richard, au départ haut fonctionnaire, s'est toujours occupé des pouvoirs locaux, et a œuvré en faveur de la décentralisation.

Fin 1996, hâté par une fuite dans la presse financière flamande, le contrat de mariage franco-belge est signé. Pierre Richard et François Narmon sont co-présidents du nouveau groupe, baptisé Dexia. Mais la structure bicéphale est complexe, inefficiente. On décide de regrouper les entités dans une société holding. Où la localiser ? En France ou en Belgique ? La législation belge apparaît plus favorable. Et dans le rapport de force, les actionnaires belges sont plus puissants. Mais à Paris, le pouvoir renâcle. François Narmon rend par deux fois visite au ministre français des Finances, Dominique Strauss-Kahn. La première fois, il refuse que Dexia soit une entité de droit belge. Mais il cède enfin lorsque PetroFina, un des joyaux industriels belges, est pris pour cible par Total et passe sous le contrôle du pétrolier français au terme d'une OPA retentissante…

En 1999 donc est signé le traité de Yalta qui fonde Dexia et qui porte en germe les problèmes qui vont rendre Dexia difficilement gouvernable.

Formellement, Pierre Richard devient l'administrateur délégué, le patron de Dexia, et François Narmon est nommé président du conseil d'administration. Mais plus officieusement, un pacte scelle l'équilibre franco-belge : le premier métier du groupe, c'est-à-dire le financement des collectivités locales, sera dirigé de Paris et contrôlé par les autorités françaises. Divers courriers échangés entre Pierre Richard et Dominique Strauss-Kahn ou la Commission bancaire française en attestent.

Et ils sont brandis lorsque Axel Miller, jeune et brillant avocat d'affaires remarqué par Pierre Richard, prend la tête du groupe en 2006 et commence à vouloir travailler à l'intégration des différentes entités opérationnelles. Ce n'est un secret pour personne, le groupe est déséquilibré. Il y a d'un côté Dexia BIL, la banque universelle à Luxembourg et Dexia Banque SA, l'entité belge, qui disposent toutes les deux d'un réseau d'agences qui collectent des dépôts. Et, en France, il y a Dexia Crédit Local de France (CLF), qui n'a pas de réseau et doit aller chercher son financement sur les marchés.

Dans un monde bancaire où les marges fondent, une façon de faire malgré tout croître le bénéfice est d'augmenter les volumes. Alors, le CLF grandit. Très vite et très fort : entre 2000 et 2007, le total du bilan de la filiale française passe de 146 à 345 milliards d'euros. Il englobe FSA, l'assureur américain acquis en 2000. Le CLF produit 70 % des résultats du groupe. Les responsables du premier métier de Dexia ont énormément d'ambition. Ils songent même, en 2006, à mettre la main sur Depfa, la banque allemande spécialisée dans le financement des infrastructures. Le management germanique est cependant trop exigeant. Depfa sera rachetée par Hypo Real Estate en 2007.

Tout à sa conquête de nouveaux marchés, le CLF investit aussi dans des obligations émises par les collectivités locales qu'elle veut approcher commercialement. Ce portefeuille se gonfle exagérément, au point qu'à l'été 2008, Dexia détient 88,2 milliards d'euros d'obligations émises par les pouvoirs publics.

Le CLF s'est aussi engagé, à partir de 2004, dans une politique commerciale dangereuse. Pour compenser des marges qui s'effondrent en raison de la baisse des taux, la banque propose aux municipalités de nouveaux types de crédits. *A priori*, ils sont meilleur marché que les crédits classiques, mais les clients prennent, souvent sans le savoir, des paris financiers sur l'évolution de la courbe des taux ou l'appréciation du dollar. Dexia ne supporte plus un risque de crédit, mais vend des options financières. En 2007, 70 % de la rentabilité du financement du secteur public français repose sur ces produits structurés. Mais certaines structures tournent mal. Les municipalités se plaignent.

Les problèmes ne se situent pas uniquement au sein du CLF. Car Dexia, pour profiter de la différence entre les taux à court et à long terme, a aussi constitué un portefeuille obligataire de 72 milliards d'euros, financé à court terme, à des taux fort bas. Pendant plusieurs années, le groupe tire parti de cette différence. Mais lorsque le marché du financement à court terme se ferme et que ces obligations deviennent invendables, la position de la banque se complique.

Les patrons de Dexia, Pierre Richard puis Axel Miller, sont conscients des handicaps de leur banque, dont le pôle le plus lucratif, le CLF, ne dispose pas d'une base de financement sûre. Ils tenteront de multiples fois de fusionner leur banque avec un autre groupe. Pierre Richard songera à un mariage avec les Banques Populaires, le Crédit du Nord, le groupe Caisse d'Épargne, le CIC. Mais le flirt le plus poussé se fera avec l'italien San Paolo-IMI. Cette importante banque de dépôt de la péninsule prend contact avec Pierre Richard en 2004. Le dossier est traité par le comité stratégique du groupe pendant un mois, mais lorsque la fusion est finalement évoquée dans la presse, les actionnaires belges, qui y voient un affaiblissement de leur position, la rejettent avec fracas. Le clan français, qui ne s'attendait pas à une telle bronca, vit très mal ce camouflet.

Quand il devient patron en 2006, Axel Miller n'abandonne pas la piste d'un mariage. Il étudie les dossiers Crédit Mutuel, Monte Paschi di Sienna, Banca Popolare et, plusieurs fois, celui de sa concurrente flamande, KBC. Toujours sans succès.

Des relations dégradées

Axel Miller essaiera aussi de réduire la taille des activités du pôle français. Dès qu'il prend la tête de Dexia, en janvier 2006, il songe à revendre FSA. Un assureur américain est intéressé. Lorsque le dossier arrive en comité de direction, le pôle français se hérisse. « Vendre FSA ? Vous n'y songez pas ! C'est ce qui nous permet d'être la première banque mondiale du financement des pouvoirs publics. »

Brillant et doté d'une force de travail peu commune, Axel Miller est un avocat redoutable, un orateur cinglant. Mais il a des difficultés à trancher, et à gérer les clivages entre Belges et Français. En comité de direction, il a ainsi de fréquentes prises de bec avec ses collègues français, Jacques Guerber et Bruno Deletré, qui défendent le modèle du CLF.

Les discussions sont particulièrement électriques avec Bruno Deletré, lui aussi jeune, brillant et ambitieux. Ce quadragénaire possède le pedigree qu'il faut en France pour asseoir une belle carrière bancaire : ENA, École Polytechnique, Inspection des Finances. Directeur général du Crédit Local de France, membre du comité de direction de FSA, il est le responsable, au sein du comité de direction de Dexia, de tout ce qui touche au « premier métier », le financement des collectivités locales. Et le Crédit Local, dit-on en Belgique, se comporte comme une vraie baronnie. Un jour, un responsable de la comptabilité de la maison mère belge désire rencontrer son homologue de FSA. Il téléphone à Bruno Deletré pour lui demander où le trouver. Le patron français refuse qu'il aille lui faire cette visite de courtoisie. Tout doit passer par lui.

Face à Bruno Deletré, Axel Miller gagne la première manche. Outré par l'échec du déménagement du siège à Paris, le polytechnicien quitte le groupe, en juin 2008. Il rejoint le cabinet de Christine Lagarde, la ministre française de l'Économie et des Finances. Axel Miller ne sait pas encore qu'il le retrouvera bientôt sur sa route.

Le patron belge indispose également en Belgique. Poussé par Jean-Paul Servais, le président de la CBFA, le gendarme bancaire belge, il décide qu'il est temps de réaliser enfin l'intégration du groupe. En février 2008, il croit avoir trouvé la solution : on garde la maison mère belge, mais on effectue l'intégration à partir de Dexia CLF, qui a l'avantage de disposer déjà d'un statut bancaire (ce que n'a pas la holding belge). Contactée au préalable, la CDC trouve l'idée excellente. Lorsque l'idée est soumise au conseil de Dexia, les administrateurs belges se taisent, puis finissent par dire qu'ils n'en veulent pas. La CBFA ne veut pas entendre parler non plus de ce déménagement parisien. Axel Miller propose alors, au conseil qui suit, de réaliser l'intégration à partir de la Belgique en faisant de Dexia une société européenne. Face à ce retournement, Augustin de Romanet, l'administrateur de la CDC, est furieux.

Constatant l'impossibilité d'avancer dans l'intégration alors que la crise se fait de plus en plus dangereuse, certains actionnaires réfléchissent à des solutions. Arco, en mai 2008, soumet ainsi un plan de renforcement drastique de la solvabilité de Dexia. Il propose de renforcer le capital par l'émission d'obligations perpétuelles, et de céder plusieurs actifs importants : FSA, la participation dans le Crédit du Nord, la coentreprise avec Royal Bank of Canada dans l'administration de fonds, Denizbank (la banque turque acquise en 2006...). On convient d'en discuter lors du conseil d'administration du mois de juillet. Il ne le fera jamais. Dexia est alors complètement absorbée par les problèmes de FSA.

C'est donc dans ce contexte délicat que partenaires belges et français se retrouvent le lundi 29 septembre pour recapitaliser le groupe. Tout porte à croire que les négociations vont être difficiles. Elles le seront.

12

Dexia, après Fortis

Lundi 29 septembre, tôt le matin. Sur le chemin qui le mène de son domicile d'Uccle, dans les beaux quartiers du sud de la capitale, à la tour Dexia, Axel Miller est encore confiant. Le Congrès américain doit dans la soirée voter le plan Paulson, qui débloque 700 milliards de dollars de fonds publics pour régler le problème des actifs toxiques des banques américaines. « Si le plan est approuvé, se dit-il, on devrait pouvoir passer le cap. »

Le patron de Dexia s'aperçoit très vite, cependant, que la météo financière est tempétueuse : en bourse, les vendeurs s'en donnent à cœur joie. L'action dévisse de 30 %. Sur le marché des capitaux, presque tous les robinets de liquidités sont désormais fermés. Les contreparties de la banque prennent le large.

Dexia n'est pas aidée par les circonstances. Le Premier ministre luxembourgeois Jean-Claude

d'ouvrir son portefeuille. On tombe d'accord pour répartir l'aide en fonction du poids de chacune des Régions dans le Holding Communal, cette structure dans laquelle les communes belges ont rassemblé leur intérêt dans Dexia : 15 % pour Bruxelles, 35 % pour la Wallonie, 50 % pour la Flandre.

Yves Leterme enchaîne ensuite sur un conseil des ministres fédéraux. Axel Miller est présent. Il présente les scénarios qu'il avait évoqués la veille avec le ministre des Finances Didier Reynders. Il en a trois. Un, on injecte l'argent au sommet du groupe en conservant une Dexia transnationale. Deux, chacun des trois pays (Belgique, France, Luxembourg) sauve son entité nationale. Trois, la France reprend Dexia Crédit Local de France, son pôle historique. Les deux dernières pistes marquent évidemment la fin de Dexia. Axel Miller plaide en faveur de la troisième solution : « Le problème du Crédit Local de France, dit-il, est concentré dans son mode de financement. Si l'État français le reprend, il retrouvera la confiance des marchés et la liquidité qu'il a perdue. » Cette troisième voie fait supporter le gros des efforts par la France. Car, pour Axel Miller, suivi par les experts du comité de pilotage, l'entité française est à la base des problèmes du groupe.

Pendant ce temps, à la Maison des parlementaires, un vaste bâtiment du plus pur style léopoldien qui jouxte le parlement belge, les actionnaires belges et leurs conseillers dressent des plans. Arco se déclare en faveur d'une scission. C'est la partie belge, Dexia Banque, qui finance en partie FSA, par une ligne de crédit de 5 milliards d'euros. Si Dexia Banque, le pôle belge, se montre moins généreux en liquidité vis-à-vis de Dexia CLF, on force la France à soutenir « son entité ».

Des petits billets circulent entre les diverses salles où se tient chacun des actionnaires. Mais aucun consensus ne se dégage en faveur du divorce.

À 21 heures, les différents acteurs belges sont enfin tous réunis dans le cabinet du Premier ministre, Yves Leterme : l'État fédéral, les trois Régions et les actionnaires privés. Ils doivent se mettre d'accord sur une position commune avant d'entamer les discussions avec les Français et les Luxembourgeois. Les Régions ne mangent pas leur parole : elles mettront 1 milliard (500 millions pour la Flandre, 350 millions pour la Wallonie, 150 millions pour Bruxelles). L'État fédéral déboursera 1 milliard. Mais les actionnaires privés hésitent.

L'assureur mutualiste Ethias passe un long moment à monnayer son apport. Le président de la mutuelle, le socialiste flamand Steve Stevaert, est à la manœuvre. Celui qui est aujourd'hui gouverneur de la province du Limbourg a été par le passé président du parti socialiste flamand. Il est resté un redoutable négociateur. Une expérience qu'il a acquise sur le terrain politique, mais aussi dans les affaires. Steve Stevaert s'était spécialisé dans l'achat et la revente de bistros. Il y a excellé. Il marchande, demande un aparté avec la CBFA, un autre avec l'État fédéral... Et il finit par arracher, en échange des 150 millions que la mutuelle versera, la garantie de l'État sur son principal produit d'assurance vie, le compte First.

Carlos Bourgeois, le responsable du Holding Communal, n'est pas chaud non plus pour mettre les 500 millions d'euros qui lui sont demandés. Il veut limiter sa mise à 400 millions. Il lui est en effet impossible d'imposer une augmentation de capital à ses actionnaires, les communes belges, dont la santé financière n'est pas florissante. Yves Leterme révèle alors lui aussi des talents insoupçonnés de comédien. Il fait mine de se lever et lance calmement : « Bon, si vous ne mettez que 400 millions, je me retire. À demain. » Poussé dans ses derniers retranchements, le Holding Communal se plie à l'exigence du Premier ministre : il mettra un demi-milliard.

Avec les démocrates-chrétiens d'Arco, de la même tendance politique qu'Yves Leterme, la discussion est plus facile. Ce sera 350 millions d'euros. Arco avait dit dès la matinée qu'il ne pouvait pas aller au-delà. La réunion se clôt peu après minuit. Il faut maintenant affronter la France et le Luxembourg. La délégation française est en effet depuis une heure à Bruxelles. À son arrivée dans la capitale, elle a téléphoné au cabinet du Premier ministre. Peter Praet, directeur auprès de la Banque nationale, prend la communication. Il leur dit qu'il va commander un taxi.

« Un seul suffira ?

– Nous sommes vingt », lui répond-on. On commande des minibus.

Mais qui êtes-vous ?

À la surprise des Belges, les Français ne sont pas conduits par un représentant du gouvernement, mais par Augustin de Romanet, même si la ministre de l'Économie et des Finances Christine Lagarde a envoyé son chef de cabinet adjoint, Emmanuel Moulin. Parmi les membres du cabinet du ministre français qui sont dépêchés à Bruxelles se trouve aussi un conseiller qui connaît particulièrement bien Dexia : Bruno Deletré, ancien directeur général de Dexia Crédit Local de France, et contre qui Axel Miller s'est opposé de multiple fois en comité de direction. Suit un bataillon de consultants : Merrill Lynch, Worms, BNP Paribas, Rothschild et Philippe Villin (ancien directeur général du *Figaro*, devenu banquier d'affaires)...

Stéphane Richard, le chef de cabinet de Christine Lagarde, reste en soutien à Paris. Il passera la nuit dans son bureau situé dans le « paquebot » de Bercy, le siège du ministère des Finances, au bout de l'aile Colbert, au sixième étage.

Il est minuit passé lorsque les diverses délégations se retrouvent au cabinet d'Yves Leterme. On se présente : Yves Leterme Premier ministre de Belgique. Didier Reynders ministre des Finances.

Luc Coene, directeur auprès de la banque nationale de Belgique et président du comité de pilotage, ce comité d'experts qui épaulent le gouvernement belge. Luc Frieden, ministre luxembourgeois du Budget, Jean Guill, directeur du Trésor luxembourgeois...

« Et vous, qui êtes-vous ? » demande Yves Leterme au patron de la CDC, Augustin de Romanet.

Ce n'est pas une question naïve. Le Premier ministre belge est irrité de n'avoir pas en face de lui Christine Lagarde, la ministre française qu'il avait pourtant vue la veille pour le dossier Fortis, affaire concernant moins l'État français que Dexia. Augustin de Romanet est actionnaire. Peut-il participer à une réunion entre États au cours de laquelle il pourrait bénéficier d'informations privilégiées ? « N'y a-t-il personne qui représente l'État français ? » insiste Yves Leterme. Emmanuel Moulin, le directeur adjoint du cabinet de Christine Lagarde, s'avance. Mais il n'a pas de mandat officiel de Bercy. Énervement belge. On suspend la séance. Après un long moment, enfin, Augustin de Romanet revient triomphant avec son mandat. On peut discuter. Banquiers d'affaires, délégations officielles, ministres, chefs de cabinet... plus d'une centaine de personnes se bousculent en pleine nuit au 16 rue de la Loi. Chaque salon du cabinet du Premier ministre est occupé. Derrière chaque porte se trouve un groupe de conseillers. Et dans les couloirs, les banquiers d'affaires désœuvrés tuent le temps en bavardant. Les négociateurs belges, nerveux, masquent difficilement leur exaspération.

Les tractations butent d'emblée sur FSA. La Belgique veut que la France reprenne cet assureur maudit acheté lorsque le Français Pierre Richard dirigeait Dexia, et qui est logé dans Dexia Crédit Local de France, le pôle français du groupe. Paris rétorque que Dexia est un groupe sous tutelle belge, et que des Belges, Axel Miller en premier lieu, ont également siégé au conseil d'administration de FSA. Ce premier échange est stérile. On passe donc au cœur du sujet : renforcer le capital de la banque.

À 3 heures du matin, les grandes lignes de l'accord sont dessinées. La Belgique mettra 3 milliards d'euros, répartis également entre l'État fédéral, les Régions et les actionnaires. La France injecte également 3 milliards. Le Luxembourg, qui désire limiter son risque à la filiale locale, recapitalisera Dexia BIL au moyen d'une émission d'obligations convertibles de 376 millions d'euros. Les trois États injectent 6,4 milliards d'euros.

Les termes de l'accord paraissent équilibrés : les actionnaires français détiennent enfin la minorité de blocage, qui est en Belgique de 25 %. De leur côté, les actionnaires belges ont réussi à ne pas se faire « rincer ». Ils ont profité de « l'avantage du terrain » : pour recapitaliser Dexia holding, la structure faîtière, les actionnaires anciens et nouveaux ont procédé via une « augmentation de capital réservée ». Ce type d'opérations s'effectue dans un cadre bien délimité : les nouvelles actions doivent être émises à un prix équivalent à la moyenne du cours de Dexia des 30 derniers jours, soit 9,9 euros l'action. Une valeur qui n'est déjà plus du tout celle de Dexia en bourse, mais qui permet aux actionnaires belges d'éviter une trop forte dilution.

À 3 heures, Luc Coene se rend dans une pièce adjacente à la salle de négociations pour expliquer les termes de l'accord à Axel Miller. Luc Coene est visiblement soulagé : la France a mis 3 milliards, l'essentiel du poids financier ne repose pas sur les épaules de la Belgique, qui vient également de renflouer Fortis.

À ce moment-là pourtant l'accord est encore loin d'être formellement conclu. La CDC ne veut pas supporter cet effort seule et apporter 3 milliards d'euros. Augustin de Romanet réussit à limiter son apport à 2 milliards (avec l'aide de la CNP, la filiale d'assurance de son groupe), et à mobiliser la Société de Participations de l'État, qui s'acquittera d'un milliard, et deviendra ainsi actionnaire à 5,73 % de Dexia.

En relisant les termes de l'accord, Merrill Lynch, la banque d'affaires de la CDC, attrape soudain un coup de sang. Ses représentants refont les calculs : les actionnaires français n'atteignent pas la minorité de blocage. Il apparaît vite qu'ils ont commis une erreur : ils avaient oublié que le Luxembourg n'intervenait pas dans le capital de la holding, mais dans celui de la BIL.

On change le capitaine

La nervosité s'accroît. Car la France, après avoir réglé le dossier du refinancement, veut ouvrir celui du management. Au fil de la discussion entre Belges et Français, les négociateurs hexagonaux glissent plusieurs fois qu'il faudrait également discuter du management de Dexia.

« Oui, mais ce n'est pas l'urgence aujourd'hui », répond-on évasivement du côté belge, qui ne prête pas trop d'attention à ces observations. À tort. Trop d'intérêts convergent, en France pour changer Axel Miller. Il entretient de trop mauvais rapports avec la CDC, son principal actionnaire français. Il est à couteaux tirés avec Bruno Deletré, devenu conseiller de Christine Lagarde, et qui tient sa revanche. Axel Miller est aussi l'exemple rêvé pour l'Élysée de démontrer que, si l'État sauve les banques, les responsables doivent payer.

Tout au long des pourparlers, les ministres des Finances, Christine Lagarde et Didier Reynders, et les Premiers ministres, Yves Leterme et François Fillon, se parlent au téléphone. Les détails techniques sont pour la plupart réglés. Yves Leterme s'impatiente. L'Élysée n'a pas encore donné son aval.

À Paris, il est 5 heures du matin lorsque l'accord paraît assez mûr à Christine Lagarde et François Fillon pour être présenté au président de la

République. Les deux ministres se rendent à l'Élysée, où une réunion est convoquée à 5 h 30, afin d'avoir le temps de discuter des derniers détails et de rédiger le communiqué de presse avant l'ouverture des marchés. Nicolas Sarkozy est entouré de ses ministres Christine Lagarde et François Fillon, du président de la Banque de France Christian Noyer, du directeur du Trésor Xavier Muscat et de Stéphane Richard. On décide de contacter Bruxelles pour régler définitivement le sort d'Axel Miller, qui doit quitter la direction du groupe.

C'est François Fillon qui rappelle Yves Leterme, et lui fait connaître les exigences de la présidence française : la démission d'Axel Miller. Le Premier ministre belge tente d'esquiver le coup : on ne jette pas le capitaine par-dessus bord en pleine tempête. Mais la condition est impérative. Yves Leterme demande alors le départ du Français Pierre Richard, le président du conseil d'administration. Son sort avait également été réglé à l'Élysée, aussi François Fillon accepte-t-il immédiatement. Les deux têtes de Dexia sont tombées. Il est 6 h 30 du matin.

Lorsque Axel Miller quitte les lieux de la négociation à 6 heures du matin, il est à cent lieues de penser que l'on discute de son sort. Pour lui, l'essentiel est bouclé. La banque est sauvée. Il regagne donc son domicile d'Uccle, prend une douche, échange quelques mots avec sa femme et repart en direction de son bureau à la tour Dexia. Il doit préparer le conseil d'administration de la banque, prévu tôt le matin, puis la conférence de presse qui doit suivre. Mais vers 7 h 15, Pierre Richard l'appelle sur son portable : « Axel, dit le président de Dexia, sois courageux. Ce sont les vicissitudes du métier de dirigeant. » Et il annonce leur double éviction. Axel Miller, sous le choc, annule la conférence de presse.

Il est 8 h 30 quand le conseil d'administration de Dexia débute. Le départ forcé d'Axel Miller passe mal chez les actionnaires belges. Francine Swiggers, la présidente d'Arco, demande ouvertement « dans quel cénacle la décision d'éjecter Axel Miller a été prise ». Cela relève normalement de la compétence du conseil d'administration. Augustin de Romanet répond : « Madame, cela s'est décidé au niveau de l'État. Ni vous, ni moi n'êtes ministre. »

Après le conseil, la discussion se poursuit entre représentants d'Arco et de la CDC. Arco estime être tombé dans un piège : « Ce n'est pas possible d'être venus préparés comme vous l'étiez, dit Marc Tinant, le vice-président du groupe belge. Il faut discuter. » Le patron de la CDC marque son accord. On prévoit de se reparler dans quelques jours.

À l'issue du conseil, Axel Miller apprend la dernière exigence française : il doit aussi renoncer à ses indemnités de départ contractuelles, qui se montent à 3,7 millions d'euros. Sinon, la France ne débloquera pas les fonds nécessaires à la recapitalisation du groupe.

Le 3 octobre, le patron belge de Dexia fait donc publier un dernier communiqué : « À la suite de ma décision de remettre mon mandat d'administrateur-délégué à disposition, j'ai également décidé que je ne demanderai pas le paiement d'indemnités de départ. Je m'en remets à la sagesse du conseil d'administration pour déterminer, à la fin de la gestion des affaires courantes qui m'a été confiée, le bilan de mon action au sein du groupe Dexia. » La place est libre pour une direction française.

13

UN BOULEVARD POUR PARIS

« Être un gros actionnaire de Fortis implique de nouvelles obligations, comme informer le Parlement qu'en tant que sponsor figurant sur le maillot de Feyenoord, nous avons gagné en Suède et que Feyenoord atteindra le deuxième tour de la Coupe de l'UEFA. » Quelques parlementaires sourient ; dans les travées, les députés soutenant le club de football de Rotterdam clament même leur joie. La digression sportive de Wouter Bos, en plein débat budgétaire, a détendu l'atmosphère. Nerveux, le ministre néerlandais des Finances l'est. Une tension naturelle vu le sujet des discussions du jour. Mais, ce jeudi 2 octobre 2008, le budget de l'État n'est pas la seule source d'inquiétude du grand argentier. Le visage calme et serein, ignorant le trouble intérieur, Wouter Bos songe déjà à la nuit qui s'annonce longue. Et bruxelloise. Dans quelques minutes, le ministre des Finances et le chef du gouvernement, Jan Peter

Balkenende, quitteront La Haye et fileront vers Zestienhoven, un aéroport situé au nord de Rotterdam. Un avion gouvernemental ainsi qu'une délégation fournie de fonctionnaires les y attendent. Moins d'une heure plus tard, en fin de soirée, l'appareil se posera sur l'une des pistes de Zaventem, au nord-est de Bruxelles. Quatre jours à peine après avoir conclu un accord avec les gouvernements belge et luxembourgeois, visant le sauvetage de Fortis, les Néerlandais entendent rebattre les cartes. De gré ou de force. Une volonté apparue dès le lundi précédent qui s'est traduite par le non versement des 4 milliards d'euros que l'État néerlandais était convenu d'injecter dans Fortis Bank Nederland. Au Parlement, Wouter Bos promet encore, sans ciller, d'essayer, la prochaine fois qu'il achètera une banque, d'informer les représentants du peuple. Vendredi matin, le gouvernement ramènera deux banques et un assureur dans son escarcelle.

« Tu fiches le bordel »

Le lundi 30 septembre 2008, peu avant 9 heures, la Société fédérale de participations et d'investissement (SFPI), bras financier de l'État belge, verse les 4,7 milliards d'euros lui donnant droit à 49,9 % de Fortis Banque. Durant le week-end, certains avaient imaginé un transfert de la part majoritaire détenue par l'État dans Belgacom, le principal opérateur de télécoms du royaume, vers la SFPI. But de la manœuvre : offrir à l'institution la contrepartie exigée en vue d'emprunter les sommes nécessaires à une entrée dans le capital de Fortis Banque. Une piste abandonnée. Les négociateurs ont dépoussiéré une loi de 1962 qui autorise la SFPI à agir pour compte propre sur instruction de l'État : le concept de « mission déléguée ». Un simple arrêté royal suffit. Le texte a été signé par Albert II, « roi des Belges », ce lundi, avec application rétroactive au dimanche. Le Trésor vire 4,7 milliards d'euros sur le compte de la SFPI et assure les charges d'intérêts du crédit. Côté luxembourgeois, les choses ne traînent pas non plus : l'accord portant sur le prêt convertible de 2,5 milliards est signé le mardi 30 septembre. Les Pays-Bas, quant à eux, tardent.

Au lendemain de l'accord tripartite, le lundi 29 septembre, le titre Fortis commence la journée en hausse mais plonge assez rapidement dans le rouge, chutant de 23,7 %, pour finir à 3,97 euros. La débauche d'efforts consentis par les dirigeants de Fortis afin d'informer le marché ne paie pas. Les analystes financiers n'apprécient guère cette injection de capital à des niveaux différents du groupe et ne croient pas en la capacité d'un État tel que la Belgique, dont la recette des impôts excède à peine les 90 milliards d'euros et le produit intérieur brut (PIB) les 300 milliards d'euros, à assurer la viabilité d'un bancassureur qui affiche un bilan de 900 milliards d'euros. D'autant plus que, dans la file menant au guichet du gouvernement, derrière Fortis, se présente Dexia. Sur le marché interbancaire, les difficultés demeurent également importantes, conduisant rapidement Fortis à solliciter une ligne de crédit d'urgence à la Banque nationale néerlandaise, à l'instar de celle octroyée par sa consœur belge. Parallèlement, l'hémorragie de gros clients (institutionnels et sociétés), qui s'est déclarée le vendredi, se poursuit.

À La Haye, les fonctionnaires du ministère des Finances regardent cette accumulation nuageuse avec appréhension. Ils décident de passer à l'action : un comité de crise d'une quinzaine de personnes est formé et établit un contact permanent avec l'autorité de contrôle financier, la Banque nationale des Pays-Bas. Le mardi 30 septembre, Wouter Bos, le ministre des Finances, est alerté. Une réunion est organisée. Les choses se précipitent : les experts des Finances concluent rapidement que le rapatriement de toutes les entités sous pavillon néerlandais du groupe Fortis s'impose. ABN Amro et Fortis Bank Nederland doivent être nationalisées sans tarder. Attendu à la « tweede kamer », la chambre basse du Parlement néerlandais, le grand argentier laisse les techniciens poursuivre leur œuvre. Et, devant les députés qui l'interrogent sur la transaction du dimanche, Wouter Bos lâche un sous-entendu assassin.

« Il y a dans le bilan de Fortis un certain nombre de choses qui sont apparues et qui nous permettent de dire : si nous l'avions su, nous aurions modifié notre décision », affirme le ministre des Finances. Le lendemain, le quotidien *De Volkskrant* indiquera qu'un fonds d'investissement basé dans les îles anglo-normandes, Scaldis, ne figurait pas dans le bilan du bancassureur lors de l'acquistion d'ABN Amro en 2007. Soit 18 milliards d'euros qui auraient été retirés du bilan. Une pratique discutable et discutée mais publique : la Banque centrale néerlandaise ne l'ignorait pas. Pressé par les députés, Wouter Bos se confondra en explications le mercredi, estimant avoir été mal compris la veille et ne pas avoir voulu insinuer que Fortis avait maquillé ses comptes.

À Bruxelles, les déclarations du mardi n'abusent pas les plus perspicaces. Le gouvernement néerlandais n'a pas encore versé un centime. Étrange, inquiétant même. Des soupçons qui se confirmeront dans la soirée de ce mardi. Quand Wouter Bos regagne le ministère à l'issue de la prestation parlementaire, les calculatrices des fonctionnaires chauffent : l'assaut sur les morceaux néerlandais du gâteau Fortis a débuté. Aussi, le soir, Nout Wellink, le patron de la Banque centrale néerlandaise, appelle-t-il le contrôleur en chef des banques belges, Jean-Paul Servais.

« Vous n'atteindrez pas la fin de la semaine », assène le président de la « Nederlandsche Bank ». Le haut fonctionnaire considère que les problèmes croissants de liquidités de Fortis exigeront une nouvelle intervention publique dans les prochains jours. Nout Wellink ne se contente pas de mettre son collègue belge en garde et se fait accusateur : « Il semble que vous ayez utilisé les actions des activités néerlandaises (de Fortis) comme garanties. Nous ne pouvons accepter de telles pratiques. Dans ces conditions, nous n'appliquerons pas l'augmentation de capital. »

Une bombe. Les 4 milliards promis ne quitteront pas les caisses du Trésor néerlandais. Jean-Paul Servais ne s'attarde pas avec cet homme qu'il déteste cordialement et prévient tout ce qui compte en Belgique de la volte-face batave. Jan Peter Balkenende et Yves Leterme se parlent également. Un coup de fil viril. « Tu fiches le bordel », lance le Premier ministre belge. « Si on ne verse pas, tu nous assigneras devant un Tribunal ? », rétorque son homologue néerlandais. Les deux chefs de gouvernement se connaissent bien et s'apprécient mais, dans ce dossier, ni l'un ni l'autre ne fera de cadeaux.

Durant quarante-huit heures, le revirement de La Haye sera le secret le mieux gardé des deux royaumes. Aux Pays-Bas, hormis quelques fonctionnaires, une partie du gouvernement, des banquiers et des avocats d'affaires, seule la présidente de la chambre basse, Gerdi Verbeet, est informée d'éventuelles absences, lors des débats sur le budget et la crise financière, de Wouter Bos et du secrétaire d'État aux Finances, Jan Kees De Jager. Le mercredi matin, une équipe d'experts, emmenée par le directeur des marchés du ministère des Finances, Bernard Ter Haar, prend la direction de la capitale belge. À Bruxelles domine un sentiment de trahison. La mise en gage d'une part de Fortis, pour un montant de 16 milliards d'euros portant sur une partie du portefeuille de produits structurés, n'est en rien exceptionnelle et était connue des Néerlandais, estime le camp belge. Ce dernier voit dans ce virage soudain une excuse et surtout une frustration profonde : s'être fait chiper ABN Amro, l'un des fleurons bancaires du pays, et ne pas l'avoir récupéré le week-end dernier à bon prix – l'offre d'ING à 5 milliards d'euros avait été refusée. Le mercredi matin, un conseil des ministres restreint se réunit. Le gouvernement belge décide de muscler l'équipe de négociateurs constituée le samedi précédent autour de Luc Coene, le vice-gouverneur de la Banque nationale, et de la panacher politiquement. Initialement dominée par le bleu (libéral tant flamand que francophone), la cellule, rebaptisée « comité de pilotage », s'adjoint les services de deux directeurs de la Banque nationale, Jean Hilgers, un proche de la vice-Première ministre sociale-chrétienne francophone Joëlle Milquet, et Françoise Masai, qui dirigea le cabinet d'Elio Di Rupo, l'actuel président du parti socialiste, lorsqu'il gérait (successivement) les maroquins des communications, des entreprises publiques, de l'économie et des télécommunications.

Mercredi, en début de soirée, les deux formations s'affrontent au 12 rue du Congrès, dans un salon feutré de la Commission bancaire. Un choc. Les Néerlandais viennent récupérer leurs affaires. Y compris les assurances qui ne connaissent aucune difficulté. Sans contreparties. Les Belges rappellent que, dimanche, un accord a été conclu. « Exécutez ; nous discuterons après », disent, en substance, les négociateurs locaux, avant d'ajouter : « Si vous voulez vraiment partir immédiatement, d'accord, mais il y aura un prix à payer. » Les visiteurs affichent leur arrogance. Le prix ? « Zéro », rétorque la délégation néerlandaise dont le chef de file, Bernard Ter Haar, converse ouvertement par téléphone avec Wouter Bos, lui clamant « l'incompétence des Belges » sous le regard médusé de ses interlocuteurs. « Cette banque est mal gérée, nous devons la reprendre aux Pays-Bas », conclut-il. La tension croît. Épuisé par la succession de négociations en « bonnet de nuit » des derniers jours, Jean-Paul Servais, le président de la Commission bancaire, qui s'est invité à la réunion, oppose la colère à la morgue batave. Luc Coene intervient et lui demande de sortir de la salle. Peu avant minuit, les deux équipes se séparent. Les positions ont évolué ; l'offre néerlandaise flirte avec les 9 milliards d'euros mais les Belges l'ont fermement rejetée. Une nouvelle rencontre est prévue le lendemain. Sur le même terrain.

Écarter « le risque de contamination »

Le jeudi 2 octobre, après une réunion à la Banque nationale, les membres du « comité de pilotage » relatent les derniers événements au Premier ministre et au ministre des Finances lors d'un déjeuner au cabinet de ce dernier. Nout Wellink, le gouverneur de la Banque nationale néerlandaise, menace de mettre les entités hollandaises de Fortis sous tutelle, estimant que leur état représente un risque pour la stabilité financière du pays. Une arme légale dont ne dispose pas la Belgique. Le banquier central a par ailleurs relevé les ratios de liquidités imposés aux institutions visées de telle sorte qu'un rapatriement des prêts concédés par la maison mère belge à ses filiales néerlandaises se révèle irréalisable. Quarante-cinq milliards d'euros se retrouvent ainsi bloqués. Le retrait voulu par La Haye paraît inéluctable et dangereux. Les experts belges exposent leurs craintes à Yves Leterme et Didier Reynders : ce repli risque d'être mal interprété par les marchés et d'engendrer des files massives aux guichets des agences Fortis. L'ultime hantise, hormis la faillite. La solution : obtenir le prix juste.

Le doute n'est plus permis. Quelle que soit l'issue des négociations avec les Néerlandais, le scénario imaginé le week-end précédent s'effondre. Et la situation de Fortis ne s'est guère améliorée au cours des dernières heures : entre le 22 et le 30 septembre, les retraits des clients de la banque de détail ont atteint 3,2 milliards d'euros, soit un total de 7,45 milliards depuis le 1er janvier 2008. Aussi, dans la tête des éminences politiques, le spectre d'un naufrage reparaît-il. Au cabinet de Didier Reynders, comme chez son voisin, Yves Leterme, les images des équipes rassurantes de BNP Paribas resurgissent. Baudouin Prot est rappelé. La Société fédérale de participations et d'investissement aussi. Le patron français est averti d'un possible second round de négociations. L'énarque ne décline pas.

Dans la soirée, le « comité de pilotage » et l'équipe de Bernard Ter Haar se retrouvent à la Commission bancaire. Quelques heures avant cette deuxième confrontation, les négociateurs belges ont demandé à Morgan Stanley d'inviter des tiers à consulter le dossier « ABN Amro ». Autrement dit, l'État belge met la banque néerlandaise en vitrine. Une manière de mettre la pression sur la partie adverse, de faire monter les enchères. Et ça fonctionne puisque Deutsche Bank se manifeste. En fin d'après-midi, plusieurs dizaines de cadres de la première banque allemande débarquent au siège de Fortis et sont emmenés dans une *data room*. Les experts de Francfort bosseront jusqu'au lendemain matin. À 7 heures, le vendredi, Fortis arrêtera leurs réflexions : « Merci d'être venus, mais on va en rester là. » Le leurre n'était pas inutile.

Vers 20 heures, les hommes de Fortis sont convoqués au 12 rue du Congrès, siège de la Commission bancaire. Deux heures plus tard, débarquent notamment Jan-Michiel Hessels, le président ad interim, Philippe Bodson et Filip Dierckx, le patron, accompagnés de leurs conseillers de Morgan Stanley, Dominique Lancksweert et Donald Moore. La veille, le mercredi, les administrateurs de Fortis ont été mis au courant – La Haye avait appelé Filip Dierckx – de la volonté néerlandaise de ne pas exécuter l'accord conclu le dimanche ainsi que des velléités de rapatriement d'ABN Amro et de Fortis Bank Nederland, sans oublier le pôle assurances.

Tandis que les experts néerlandais sont accueillis dans un salon du rez-de-chaussée, la salle dite « aux vaches » (un tableau y représente d'impavides bovins), les dirigeants du bancassureur sont invités à rejoindre une pièce à l'étage. Seuls les conseillers de Morgan Stanley discuteront directement avec les fonctionnaires hollandais afin de leur donner un prix : 22 milliards d'euros pour l'ensemble des actifs ancrés aux Pays-Bas. Bernard Ter Haar n'entend en proposer que 9. L'impasse. Luc Coene et les siens perçoivent rapidement que la sortie ne sera pas découverte en ces lieux. Le dossier est renvoyé au niveau politique. Le centre de gravité se déplace au Lambermont vers lequel convergent tous les protagonistes.

Dans la nuit, les berlines se succèdent devant la résidence du Premier ministre belge. Jan Peter Balkenende, Wouter Bos et Nout Wellink, le Premier ministre néerlandais, son grand argentier et son banquier central, arrivent après minuit, suivis par Jean-Claude Juncker, le chef du gouvernement luxembourgeois. Les dirigeants de Fortis ont quitté la rue du Congrès et les ont précédés au Lambermont, ainsi que le comité de pilotage. Les négociations se révèlent âpres. Jan Peter Balkenende réitère les reproches de mauvaise gestion faits aux dirigeants belges. Les Belges rétorquent qu'une mise sous tutelle des banques par les autorités néerlandaises engendrerait un « run on the bank », un retrait massif des dépôts. Les regards se tournent vers Nout Wellink : « Vous assumerez vos responsabilités », clament les hôtes du jour. L'écart entre les positions des deux camps demeure colossal. Dix milliards d'euros. Parallèlement, les hommes de Fortis plaident, quant à eux, pour que la Belgique leur accorde une garantie d'État, et demandent du temps pour trouver un partenaire intéressant. « Trop risqué », affirment les experts publics qui craignent que les marchés ne soutiennent pas un tel schéma.

Sur le front belgo-néerlandais, si les chiffres se rapprochent à mesure que la nuit avance, les deux parties sentent que le soleil sera haut dans le ciel avant que le montant des uns ne coïncide avec celui des autres. Vers 4 h 30, Jan Peter Balkenende et Yves Leterme décident de la jouer au plus haut niveau de l'État. Les deux hommes se retirent dans une pièce pour un tête-à-tête qui durera plus d'une demi-heure. Les deux chefs de gouvernement sont convenus d'un préalable : « Quoi qu'il arrive, on reste amis. » Une trentaine de minutes plus tard, les deux copains s'extirpent de leur chambre d'isolement, entrent dans la salle où sont rassemblés les négociateurs des deux équipes et annoncent le montant de la transaction. 16,8 milliards d'euros. Yves Leterme regarde Luc Coene qui le rassure d'un cillement approbateur. L'aventure binationale prend fin à 7 heures lorsque les techniciens mettent la dernière touche à la formalisation de l'accord ministériel. Les éminences néerlandaises ont repris leur avion vers Zestienhoven. Le Premier ministre belge est monté s'allonger quelques heures. Dans cette bâtisse qui doit son nom à François Auguste

Lambermont, bras droit du roi Leopold II. Ce dernier œuvra pour l'abolition de la loi préconisant le protectionnisme, mena la Belgique au libre-échange et obtint, en 1863, la libération de la navigation sur l'Escaut, que les Pays-Bas frappaient de lourds péages, freinant le développement du port d'Anvers.

Le vendredi, à 11 heures, les administrateurs de Fortis se réunissent sur l'autre versant du parc Royal, au siège du bancassureur. Jan-Michiel Hessels précise au conseil que la banque a dû puiser, mercredi, 51,3 milliards d'euros sur les 57,6 disponibles dans la ligne de crédit d'urgence ouverte par la Banque nationale de Belgique. Le président faisant fonction souligne encore la « pression exercée par les deux régulateurs, belge et néerlandais », ne laissant d'autres choix, sous peine de mise sous tutelle par la Banque centrale des Pays-Bas, que la nationalisation des actifs bataves : une transaction de près de 17 milliards d'euros prévoyant aussi le rapatriement de 34 milliards d'euros de liquidités (une dette à court-terme) de la banque hollandaise vers la maison mère, ainsi que la conversion d'une dette à long terme de 16 milliards d'euros à l'égard de Fortis Banque en obligations garanties par La Haye. Kees Peijster, avocat du cabinet De Brauw, Blackstone et Westbroek, spécialiste des fusions et acquisitions qui a assisté Fortis dans le raid sur ABN Amro en 2007, livre la vision juridique de l'opération en deux points. Primo, Royal Bank of Scotland et Santander doivent donner leur accord. Secundo, une assemblée générale des actionnaires est nécessaire si un changement d'identité ou de caractère de la société est opéré. Jan-Michiel Hessels pointe la marge de manœuvre « très étroite » de Fortis, étant « forcé d'accepter les conditions des gouvernements ». Sans autre choix possible, le conseil avalise la transaction – Louis Cheung s'abstient une nouvelle fois – mais plusieurs membres s'émeuvent de cette « pression inacceptable des autorités ». Il est 11 h 50.

En fin d'après-midi, la traditionnelle conférence de presse qui suit le Conseil des ministres hebdomadaire est phagocytée par le dossier Fortis. Yves Leterme et Didier Reynders annoncent la nationalisation opérée par les Pays-Bas. Les deux ministres se félicitent de l'opération, rassurent les épargnants mais indiquent que « d'autres mesures suivront ». Sans préciser. Au même moment, dans le centre de La Haye, au « Binnenhof », un ensemble de bâtiment qui héberge notamment le cabinet du Premier ministre, Jan Peter Balkenende, Wouter Bos et Nout Wellink dévoilent également les contours au rapatriement devant les micros et les caméras. Le ministre des Finances néerlandais, rompu aux saillies assassines, se montre satisfait de la transaction avec une élégance qui justifiera le salaire de quelques diplomates : « En reprenant la branche néerlandaise, nous écartons un risque de contamination par une partie de l'entreprise qui n'est pas saine », lâche Wouter Bos avant d'ajouter que « beaucoup de problèmes étaient cachés dans la partie belge du groupe ».

À 18 h 15, Yves Leterme et Didier Reynders quittent le « bunker », surnom donné à la salle de presse du cabinet du Premier ministre. Les deux hommes sortent du 16 rue de la Loi tandis que Baudouin Prot se présente au Lambermont, quelques centaines de mètres plus loin. Bientôt rejoint par le duo, le patron de BNP Paribas expose au chef du gouvernement et à son grand argentier ses projets pour Fortis Banque. Il n'y aura nul bain de sang social, rassure-t-il. Seule épine de taille : la salle des marchés de Fortis. La plus importante du royaume. Environ mille personnes. BNP Paribas dispose de la copie, agrandie, à Paris. Un doublon évident. Des « traders ». Les deux ministres ne se braquent pas. Les négociations peuvent débuter.

« T'as des actions Fortis ou quoi ? »

Samedi 4 octobre. Contrairement à la semaine précédente, Jos De Neef a pu prévoir. Le maître-queux de la Commission bancaire a été prévenu suffisamment tôt. Au menu : canard, croquettes, chou-fleur, petits pois. Les tablées se succèdent. Les négociateurs sont affamés par le manque de sommeil : les juristes, experts en trésorerie, en informatique, ou en « risques » de BNP Paribas étudient les dossiers depuis la veille sans relâche. Fortis est un groupe complexe, binational, labyrinthique, entrelacé. Amputé aussi. La nationalisation des actifs néerlandais soulève la question des relations qui subsistent entre les entités des deux côtés de la frontière entre la Belgique et les Pays-Bas : systèmes informatiques, garanties entre filiales, gages internes, salle de marché commune... Afin de s'aérer l'esprit, Baudouin Prot, mèche plus ondulante que jamais, s'accorde quelques minutes de promenade dans les environs. Le banquier français flâne sur la place de la Liberté, contemple quelques bâtisses du XIXe siècle qui lui rappellent Paris, pousse jusqu'à l'esplanade de la « cité administrative » et, le téléphone vissé à l'oreille, ne remarque pas, ou à peine, la colonne du Congrès. Au bout du fil, successivement, Stéphane Richard, le directeur de cabinet de la ministre française des Finances, Christine Lagarde, et Albert Frère qu'il informe des derniers développements du dossier. Partenaires de longue date, l'homme d'affaires belge et BNP Paribas partagent un véhicule d'investissements, Pargesa. Mais surtout, « Albert » – l'énarque le tutoie – dispose d'une large expérience de transactions bancaires majeures, notamment la cession de la Banque Bruxelles Lambert (BBL) au néerlandais ING. Sur la place bruxelloise, l'octogénaire apparaît également comme un allié de poids pour BNP Paribas qui, bien que sollicitée, voire attendue, se sait en terre étrangère.

Pendant que les experts, tant de BNP Paribas que du gouvernement, épluchent les comptes et alignent les chiffres en vue d'arriver à un prix, le Premier ministre se penche sur le Budget de l'État qui patiente depuis une semaine et qui attendra encore quelques jours. Yves Leterme ébauche également un projet de liste électorale pour le scrutin régional de juin 2009. En ce samedi, rien n'aboutit. Ni au 16 rue de la Loi, ni au 12 rue du Congrès. À la Commission bancaire, les membres du comité de pilotage décident unilatéralement de suspendre en début de soirée les réunions, très techniques, et de reprendre le lendemain matin. Les Belges sont épuisés par cet enchaînement de folles journées. Les Français auraient aimé poursuivre mais comprennent ce besoin de souffler quelques heures.

À 8 heures, le dimanche 5 octobre 2008, mêmes acteurs, même scène. Les négociateurs entrent dans le vif du sujet : le montant et le futur des produits à risque tels que les crédits structurés. Au premier étage de la Commission bancaire, en face de Luc Coene et du « comité de pilotage », se trouvent quatre hommes : le patron, Baudouin Prot, et trois de ses lieutenants, Jean-Laurent Bonnafé, son dauphin désigné, Philippe Bordenave, le directeur financier, et Thierry Varenne, l'un des conseillers de la maison sur ce dossier. Plus agréables qu'avec les Néerlandais, quatre jours plus tôt, les discussions demeurent serrées. L'enjeu est colossal. Même dépouillé de ses bijoux néerlandais, Fortis affiche un bilan de 750 milliards d'euros. Les dirigeants de BNP Paribas entendent se débarrasser des crédits structurés ou obtenir une garantie d'État sur ces produits à risque.

Au 20 rue Royale, le scénario d'une banque indépendante n'est pas abandonné mais les Dierckx, Hessels et autre Bodson, écartés des pourparlers, ou à peine consultés sur des points techniques, sentent que la partie tourne à l'avantage de BNP Paribas. Aussi, Philippe Bodson et Jan-Michiel Hessels, craignant le pire, envoient-ils une lettre au Premier ministre ainsi qu'au ministre des Finances dans laquelle ils affirment leur refus d'une éventuelle transaction qui mettrait la holding en faillite.

Dans l'après-midi de ce dimanche, Yves Leterme reçoit dans son bureau deux membres de son gouvernement. Karel De Gucht, ministre des Affaires étrangères, et Patrick Dewael, qui a le maroquin de l'Intérieur, les deux principales éminences libérales flamandes, ont sollicité cet entretien avec le Premier ministre social-chrétien afin de lui exposer leur lecture du dossier Fortis. Le duo plaide essentiellement pour une nationalisation de la maison de la rue Royale. Yves Leterme les écoute, concède la pertinence théorique de leur scénario mais le juge trop risqué. Le Premier ministre considère également que l'État n'a plus vocation à jouer les banquiers. Les deux libéraux sont éconduits. L'un d'eux reviendra à la charge.

À 18 heures, les administrateurs de Fortis se réunissent. Jan-Michiel Hessels, le président faisant fonction, indique que « des négociations ont eu lieu directement entre BNP Paribas et le gouvernement, avec une petite implication du management de Fortis ». Sur la table, trois scénarios sont – théoriquement – proposés. Le *stand alone* avec l'État comme actionnaire minoritaire, l'adossement à un partenaire stratégique à trouver, ou la vente à l'État des 51 % non détenus avec potentiellement une cession, dans la foulée, à un acteur privé. Jan-Michiel Hessels, rejoint par Philippe Bodson et Klaas Westdijk, considère que le scénario d'une Fortis Banque indépendante, « d'une perspective de solvabilité », demeure réalisable. « La clé, c'est la liquidité. Difficile d'estimer les besoins en *Ela* pour continuer les opérations. » Les trois administrateurs ajoutent rapidement : « Les autorités belges insistent fortement pour vendre à un acteur privé ; elles considèrent le scénario du *stand alone* trop risqué, tant pour Fortis que pour la stabilité du système financier belge. » Leurs conclusions sont limpides : le conseil d'administration devra se prononcer, dans la nuit, sur « ce qui ressortira des négociations entre BNP Paribas et le gouvernement ». Plusieurs administrateurs s'offusquent de cette manière de procéder mais Jan-Michiel Hessels confirme : aucun choix n'est possible ; le gouvernement tranchera.

Il n'est pas 20 h 30 lorsque Filip Dierckx, suivi de Camille Fohl, fait son entrée avec les dernières nouvelles du front : une offre sera faite sur Fortis Banque et sur Fortis Insurance Belgium ; le prix n'est pas encore connu ; le pôle « international » des assurances n'est pas inclus dans la transaction. À 21 h 20, la réunion du conseil est suspendue. Une délégation formée par Filip Dierckx, Lars Machenil, le directeur financier du groupe, Jan-Michiel Hessels et Philippe Bodson, part en quête d'informations.

Au 16 rue de la Loi, l'affaire est quasiment pliée. Au conseil des ministres, seuls les libéraux flamands font de la résistance, Karel De Gucht en tête. Le bouillonnant ministre des Affaires étrangères tente un ultime baroud d'honneur. « T'as des actions Fortis ou quoi ? » le taquinent quelques adversaires. Le mandataire « bleu » ne plie pas. Le Premier ministre devra le prendre en tête à tête pour lui arracher un « oui » du bout des lèvres ou, du moins, le convaincre de ne plus dire « non ». Il est 23 h 30 lorsque Yves Leterme, Didier Reynders et Baudouin Prot entrent au « bunker », la salle de presse du second sous-sol du « Seize ». Fortis Banque n'est plus belge.

À 2 h 10, le conseil d'administration de Fortis reprend. Filip Dierckx détaille l'accord déjà exposé à la presse. La Société fédérale de participations et d'investissement (SFPI) acquiert le solde de Fortis Banque (51 %) pour 4,7 milliards d'euros. Soit 9,4 milliards d'euros pour l'ensemble (99,3 % exactement). Un protocole d'accord prévoit la cession de 75 % de Fortis Banque à BNP Paribas. Le paiement s'effectue en « papier » : l'État belge devient le premier actionnaire de la banque française avec 11 % du capital. Parallèlement, BNP Paribas s'offre Fortis Insurance Belgium pour 5,5 milliards d'euros. Enfin, un véhicule est créé afin de recueillir une part du portefeuille de produits structurés de Fortis pour un montant de 10,4 milliards d'euros ; cette nouvelle société est détenue à hauteur de 66 % par la holding, 24 % par la SFPI et 10 % par BNP Paribas.

Filip Dierckx précise aux administrateurs la ventilation des opérations de nationalisation du vendredi matin : « Les 12,4 milliards pour les activités bancaires sont versés à Fortis Banque Belgique, c'est-à-dire transférés à BNP Paribas. Les 4 milliards pour les assurances vont vers la holding. » L'administrateur délégué indique que la proposition est la « seule sur la table », le gouvernement refusant d'envisager le *stand alone*. Le conseil abdique. Louis Cheung, représentant de Ping An, le premier actionnaire, et Clara Furse, patronne de la Bourse de Londres, s'abstiennent. Jan-Michiel Hessels conclut : « C'est un triste moment pour notre société. Fortis avait des plans ambitieux et le personnel a toujours travaillé dur pour les bâtir. Nous avons été frappés par la plus horrible tempête que les marchés financiers aient pu imaginer. » Il est 3 h 15 en ce lundi 6 octobre 2008.

14

Sauver Dexia, bis

Le jour même de la recapitalisation de Dexia, le mardi 30 septembre 2008, la ministre française de l'Économie et des Finances Christine Lagarde est au Palais du Luxembourg à Paris. Elle répond aux questions des sénateurs français. Au détour d'une intervention, elle lâche qu'il a été impératif de recapitaliser la banque dans la nuit pour que Dexia « passe la journée du mardi 30 septembre ».

La phrase est désastreuse. Dans le climat délétère qui règne dans les marchés, la pression sur Dexia remonte d'un cran : l'injection de 6,4 milliards d'euros décidée le matin même par la Belgique, la France et le Luxembourg, ne sort pas la banque des problèmes. Dans les heures qui suivent, le cours de l'action semble certes reprendre quelques couleurs. Mais les liquidités, elles, ne reviennent pas et les déposants restent déstabilisés.

Le lendemain, mercredi 1er octobre, après une dernière réunion au cabinet du ministre des Finances Didier Reynders, le gouverneur de la Banque nationale de Belgique s'engouffre dans sa voiture, direction : l'aéroport de Zaventem. Guy Quaden prend l'avion pour Francfort afin de participer, comme tous les quinze jours, à la réunion du conseil des gouverneurs de la Banque centrale européenne. Il atterrit en fin d'après-midi, rallume son téléphone mobile et découvre alors un message qui ne le réjouit pas. Stefaan Decraene, le patron de Dexia Banque Belgique, lui demande une *Ela*, une ligne de crédit d'urgence ! Voilà qu'en plus de Fortis, la Banque nationale de Belgique doit également servir de prêteur en dernier recours au groupe franco-belge !

Lorsqu'il arrive au comité des gouverneurs de la Banque centrale européenne, avec un quart d'heure de retard, le Belge se fait gentiment chambrer par son collègue allemand. « Tiens ! Voilà le plus grand banquier de Belgique. Et même peut-être d'Europe. » On rit. Guy Quaden apprécie modérément cette pointe d'humour : il se demande si, à ce rythme, la banque centrale belge pourra tenir le coup. En quelques jours, en raison des crédits normaux et extraordinaires qu'elle accorde à Dexia et Fortis, la BNB a vu son bilan doubler. Fin septembre, il dépasse les 180 milliards d'euros. C'est plus de la moitié du produit intérieur de la Belgique.

Le soir Guy Quaden poursuit la discussion avec son homologue français Christian Noyer : il faut négocier entre la Banque de France et la Banque nationale de Belgique les termes de cette fameuse ligne de crédit d'urgence de 60 milliards d'euros. Elle sera supportée par les deux pays. Mais dans quelles proportions ? Au départ – est-ce sous la pression de Nicolas Sarkozy ? –, Christian Noyer n'accepte de prendre à sa charge qu'une trentaine de pour cent, soit la proportion française dans l'actionnariat de Dexia. Mais, finalement, les banques centrales belge et française partagent également le poids de cette ligne d'urgence.

Cette demande de Dexia, deux jours après avoir été recapitalisée, est préoccupante. Elle signifie que l'entrée des États dans le capital n'a pas suffi à rassurer le marché et que le problème de liquidité s'aggrave. Les événements qui suivent donnent d'ailleurs raison aux sceptiques : le vendredi 3 octobre en fin d'après-midi, on apprend le dépeçage de Fortis entre la Belgique et les Pays-Bas. Voilà la preuve que la première recapitalisation du bancassureur belgo-néerlandais n'a pas été un remède suffisant. Pourquoi la potion serait-elle plus efficace pour Dexia ? D'autant que la crise gagne en virulence. À Paris, le samedi 4 octobre, la présidence française de l'Union européenne convoque un mini-sommet, au cours duquel les quatre grands pays européens y vont d'une déclaration d'intention sur leur engagement à sauver le système bancaire. Mais tout cela reste très général. Le lendemain dimanche, en Allemagne, on apprend que le premier plan de sauvetage d'Hypo Real Estate n'a pas abouti. L'hypothèse d'une faillite de cette importante banque allemande est évoquée, ce qui constituerait en Europe un second choc presque aussi important que la chute de Lehman Brothers. Pas étonnant donc que, le lundi 6 octobre, la Bourse broie du noir. Le cours de Dexia connaît un nouveau plongeon, s'effondrant de plus de 21 %. L'action qui valait 8,55 euros en clôture le vendredi ne se négocie plus qu'à 6,74 euros. Et Dexia tire sur ses *Ela*, ses lignes de crédits d'urgence de la Banque nationale. Le groupe et les autorités monétaires belges gardent secret le montant de cette aide exceptionnelle de la BNB. Mais il s'élève en réalité à 25 milliards d'euros.

Le gouvernement belge est inquiet. La crise de la semaine précédente semble se répéter. Ce 6 octobre, Dexia s'invite donc à nouveau en haut de l'agenda du Premier ministre et des Régions.

La Flandre est cette fois bien décidée à intervenir. Kris Peeters, le ministre-Président flamand, a réuni son gouvernement le lundi. Et l'exécutif est d'accord pour reprendre seul Dexia Banque Belgique, le pôle belge du groupe. Kris Peeters est chargé d'aller présenter cette proposition au gouvernement fédéral belge. Les deux autres Régions du pays, Bruxelles et la Wallonie, sont mises au courant par des « contacts » dont elles disposent en Flandre. Et elles ne sont pas heureuses de cette initiative qui verrait la banque des communes passer sous contrôle flamand. Mais les francophones décident de temporiser.

Ce que veut Nicolas

À 14 heures, alors que le cours de l'action s'effondre, certains représentants d'actionnaires belges se retrouvent dans la salle du conseil d'administration, au 33e étage de la tour Dexia à Bruxelles. Ils n'ont pas le temps de s'attarder devant la vue imprenable qui s'offre à eux sur les longues voies qui mènent à la gare du Nord et sur le centre de Bruxelles. Il y a là Marc Tinant, le solide vice-président d'Arco, ainsi que des représentants des Régions belges et du cabinet du Premier ministre. Ils ont une conférence téléphonique avec la Caisse des Dépôts et Consignations (CDC) à Paris. Cette réunion avait été prévue au sortir du conseil d'administration tendu de la semaine dernière, qui avait acté la démission d'Axel Miller et la recapitalisation. Cette fois, les Belges veulent parler scission. Au terme d'une heure de palabres, on arrive à décider qu'il faut se revoir. C'est alors que l'on apprend qu'Yves Leterme et Didier Reynders sont en route vers l'Élysée, pour discuter avec Nicolas Sarkozy. Les actionnaires belges soufflent. « Bien, se disent-ils, le politique prend le relais. La séparation va être négociée au plus haut niveau. » Ils n'imaginent pas la tournure que prendra ce sommet franco-belge.

Yves Leterme et Didier Reynders ont en effet pris l'un des Falcon gouvernementaux et volent vers Paris. Ils atterrissent à 17 heures au Bourget, s'engouffrent dans une voiture et filent vers l'Élysée. Ils doivent y rencontrer Nicolas Sarkozy et François Fillon.

Les ministres belges, qui voient la situation de Dexia se détériorer, voudraient en effet une nouvelle intervention des États et discuter d'une éventuelle scission. Mais ce n'est pas l'ordre des priorités du Président français. Nicolas Sarkozy, comme il en a l'habitude, déclare tout de go ses volontés. Tous ceux qui ont eu à négocier avec lui le disent : il est à l'opposé de ces chefs d'État qui prennent un quart d'heure pour exposer le problème, le contexte, et en déduire les actions à prendre. Le Président français lance immédiatement : « Alors ce que je veux, c'est... » Et ce qu'il veut, ce lundi-là, c'est mettre un nouveau patron, français, à la tête de Dexia : « Notre logique, commente un conseiller de l'Élysée, c'est d'abord de changer le management de la banque au plus vite, ensuite d'obtenir un point précis de sa situation puis, très vite, de prendre des décisions structurelles. C'est dans cet ordre-là que l'on doit procéder. »

Premier point donc : trouver une nouvelle tête. Depuis trois jours, Nicolas Sarkozy a sa petite idée. Le vendredi 3 octobre, il avait déjà prévenu Pierre Mariani : « Je pense à toi pour diriger Dexia. » Les deux hommes partagent le même caractère sanguin, se connaissent et s'apprécient. Pierre Mariani, qui s'est qualifié un jour en boutade de « sarkozyste, tendance historique », est en effet un de ceux qui ne doit sa carrière à personne : fils d'un commissaire de police et d'une enseignante, c'est un bûcheur, qui est passé par l'ENA (dans la même promotion que Jean-Marie Messier). Entre 1993 et 1995, il dirige le cabinet de Nicolas Sarkozy, lequel est alors ministre du Budget. C'est Pierre Mariani qui l'initie à la finance. À l'arrivée des socialistes, le chef de cabinet part dans le privé, chez BNP Paribas. Lorsque Nicolas Sarkozy l'appelle, ce 3 octobre, cet homme de cinquante-deux ans dirige alors la branche banque de détail à l'international du grand groupe bancaire français. Ce sera donc Pierre Mariani.

Les deux ministres belges rétorquent qu'ils désirent, eux, parler de la scission de Dexia. Mais Nicolas Sarkozy, toujours souriant, semble ne plus les écouter aussi attentivement : « Les modifications structurelles seront décidées par le nouveau management », dit-il. Tout le temps que dure l'entretien, François Fillon ne dit mot. Nicolas Sarkozy a ce qu'il veut : un nouveau patron qu'il connaît bien à la tête de la banque. L'Élysée veut sortir un communiqué le soir même. Mais le Premier ministre belge s'y oppose : il faut que, dans la même communication, on mentionne aussi le nom du nouveau président du conseil d'administration. Or la Belgique n'en a pas encore choisi un. Dans l'avion, sur le trajet qui les ramène à Bruxelles, Didier Reynders et Yves Leterme réfléchissent à la personnalité qui pourrait avoir la carrure pour contrebalancer un comité de direction désormais piloté par un proche de la présidence française. Il faut un poids lourd qui connaisse le monde des affaires, qui soit proche des communes et des actionnaires belges, qui ait une réputation et un pouvoir d'influence suffisant pour défendre les intérêts belges. Les personnalités dotées d'un tel profil ne se bousculent pas. En fait, il n'y en a qu'une : Jean-Luc Dehaene. Cet homme politique démocrate-chrétien flamand est redoutable. Maniant le franc-parler, la subtilité, la brusquerie, il utilise son physique *a priori* bonhomme et son abord abrupt comme des armes de négociation. Celui qu'on nomme « le démineur » a joué de ses talents comme Premier ministre, entre 1992 et 1999, pour sortir la Belgique de crises complexes et redresser les finances d'un pays lourdement endetté. Il aurait dû remplacer Jacques Delors à la présidence de la Commission européenne s'il n'y avait eu, lors du sommet de Corfou en 1994, le veto du Premier ministre britannique John Major qui ne supportait pas de voir l'exécutif européen dirigé par un « fédéraliste ». Jean-Luc Dehaene est alors allé exercer ses talents comme administrateur au sein de groupes belges de stature internationale : Umicore, groupe spécialisé dans les matériaux avancés ou InBev, premier brasseur mondial.

De retour au 16 rue de la Loi, en passant le porche de son cabinet, Yves Leterme téléphone à l'ancien Premier ministre. Jean-Luc Dehaene lui répond qu'il faut avant tout un consensus politique sur sa personne, sinon il ne monte pas au feu. Ce ne sera pas un problème. Le conseil des ministres donne son accord unanime. Il est une heure du matin lorsque Jean-Luc Dehaene reçoit le coup de fil d'Yves Leterme. Lui n'est pas spécialement ravi de cette nouvelle tâche. Sa femme non plus d'ailleurs. Mais il accepte. Et la nuit même, Pierre Mariani et Jean-Luc Dehaene ont leur premier échange téléphonique.

Trente jours à Bruxelles

Le lendemain matin, mardi, le conseil d'administration valide ces nominations, qui prennent effet immédiatement. Pierre Mariani est encore à Paris. Le matin, il se fait « briefer » rapidement sur Dexia par les équipes de la Caisse des dépôts et rencontre Baudouin Prot qui n'est pas heureux de la rapidité de la nomination : « Tu ne peux pas partir comme cela », lui assène le patron de BNP Paribas. Pierre Mariani repasse la tête au déjeuner qui réunit le comité de direction de BNP Paribas en disant : « J'ai un Thalys ce midi pour Bruxelles… ».

Dans sa valise, il n'emporte que deux chemises. « Ce premier séjour dans la capitale belge devrait être bref », se dit-il. Il n'imagine pas qu'il va y rester plus d'un mois sans discontinuer. À son arrivée à Bruxelles, le banquier français gagne directement la tour Dexia, où il rencontre d'abord Jean-Luc Dehaene, puis il se dirige vers son nouveau bureau. Axel Miller s'y trouve encore. Il termine ses paquets. L'échange entre les deux hommes prend trois minutes à peine. Il est glacial. Et Pierre Mariani se met au travail.

Il se rend d'abord dans deux agences bancaires de Dexia pour prendre le pouls des clients. Un pouls qui est faible. Il rencontre un épargnant qui ne cache pas qu'il est là pour retirer ses avoirs. Pierre Mariani le convainc de les maintenir, puis regagne le 34e étage de la tour Dexia.

Le nouveau patron fait équipe avec un partenaire de Bain, le grand bureau de consultance. Il l'a emmené dans ses bagages afin, pense-t-il, de l'aider à effectuer une revue stratégique des métiers de la banque. Mais la situation est grave, beaucoup plus grave qu'il ne le croyait de prime abord. Il s'en rend compte rapidement en discutant avec Jean-Luc Dehaene, qui lui paraît nerveux. Il en comprend la cause en assistant peu après au premier comité exécutif de la banque. La journée est catastrophique. On assiste à un « run » massif sur les dépôts, particulièrement à Luxembourg où se trouvent beaucoup de très gros clients institutionnels. Là-bas, la Banque et Caisse d'Épargne de l'État, la seule banque du pays bénéficiant de la garantie étatique, est prise d'assaut, notamment par des clients de Dexia BIL, et se trouve bientôt en rupture de formulaires d'ouverture de comptes. En Bourse, l'action dévisse : elle ne vaut plus que 5,90 euros ce 7 octobre. La banque est aux abois.

« On ne passera pas jeudi », se dit Pierre Mariani, qui décide de travailler toute la nuit pour comprendre : il demande les situations de trésorerie, les bilans. Il contacte Goldman Sachs, la banque d'affaires de Dexia, pour avoir un plan d'attaque pour le lendemain soir. Et il appelle le cabinet de Christine Lagarde : « La situation de Dexia n'est pas difficile, c'est pire, dit-il. Il faut une nouvelle réunion entre États demain, et cette fois, c'est Christine Lagarde elle-même qui doit se déplacer. »

Le mardi soir, pendant que Pierre Mariani se mue en gestionnaire de crise, Jean-Luc Dehaene rencontre le comité de pilotage afin de pouvoir dans un premier temps disposer de toutes les données, puis de décider d'une stratégie. Les experts de ce comité semblent pencher à nouveau pour la scission, soulignant à Jean-Luc Dehaene que le mauvais est en France et le bon en Belgique. Mais cette présentation n'est pas du tout dans la mentalité pragmatique de l'ancien Premier ministre : « Ce type d'approche n'est pas réaliste dans une structure où les Français ne peuvent pas décider sans les Belges et vice versa. L'essentiel est d'abord de sauver la banque. »

Le lendemain, mercredi, la situation de Dexia est pire encore : l'action ne vaut plus que 4,90 euros. Après une nuit blanche, Pierre Mariani a une entrevue avec Jean-Paul Servais, le patron de la CBFA. Il travaille ensuite sur le plan de sauvetage qui sera discuté dans quelques heures. Une bonne nouvelle, toutefois, est intervenue le matin même. En Grande-Bretagne, Gordon Brown a rendu public un plan destiné à sauver le secteur bancaire britannique. L'épure britannique annonce ce qui est en préparation pour Dexia : offrir une garantie des États, tant pour les dépôts que pour les crédits, garantie couplée à une recapitalisation, afin de réinsuffler suffisamment de confiance dans les marchés.

À 16 heures, Pierre Mariani fait un saut au cabinet du Premier ministre pour expliquer au *kern*, le conseil des ministres restreint, les grandes lignes de son plan.

En début de soirée, Yves Leterme convoque les représentants des trois Régions dans sa résidence du Lambermont. La Flandre est bien décidée à demander à cette occasion la scission de Dexia et à faire acte de candidature pour reprendre seule le pôle bancaire belge. Toutefois, la réunion se déroule de façon étonnante. Yves Leterme explique la situation, le plan de Dexia et la position du gouvernement. Il garde sans discontinuer le contrôle des discussions. Kris Peeters, qui est pourtant du même parti que le Premier, n'aura jamais l'ouverture pour faire sa proposition. La Flandre ne reprendra pas Dexia Banque. Et c'est donc le gouvernement fédéral, et lui seul, qui sera aux manettes.

Pendant ce temps, Christine Lagarde, la ministre française de l'Économie, est arrivée avec ses banquiers d'affaires. Les négociateurs belges ne veulent plus revivre la même cacophonie logistique que celle qui avait prévalu lors des négociations sur la recapitalisation, la semaine précédente, avec une centaine de personnes se marchant sur les pieds, des délais d'attente éprouvant pour les nerfs... Il est donc décidé d'emmener tout le monde au palais d'Egmont, vaste et magnifique propriété du ministère des Affaires étrangères qui sert à accueillir les hôtes de marque de passage à Bruxelles. Pour l'efficacité des discussions, Pierre Mariani conseille que la délégation française soit la plus restreinte qui soit : Christine Lagarde, avec son directeur de cabinet adjoint, Emmanuel Moulin. Stéphane Richard, le directeur de cabinet de Christine Lagarde, est resté en soutien dans son bureau de

Bercy. Il est accompagné de François Pérol et d'Antoine Gosset-Grainville. Ces trois anciens inspecteurs des Finances, dit-on dans les salons parisiens, font partie de ceux qui, dans l'ombre, tiennent la République. François Pérol, secrétaire général adjoint de l'Élysée, a accepté de quitter son poste d'associé gérant de la très réputée banque d'affaires Rothschild pour rejoindre la rue du Faubourg-Saint-Honoré. Antoine Gosset-Grainville, directeur du cabinet du Premier ministre, François Fillon, vient de chez Gide-Loyrette-Nouel, l'un des cabinets d'avocats les plus prestigieux de la place parisienne. Et Stéphane Richard a été recruté pour diriger Bercy par l'éphémère prédécesseur de Christine Lagarde, Jean-Louis Borloo. Il a eu deux jours pour se décider entre Veolia Environnement où il dirigeait, depuis 2002, la filiale « transports », et tenter l'aventure politique avec « Nicolas », son ami rencontré en 1995, lorsque le chef d'État était avocat, dans un dossier d'acquisition immobilière.

La Belgique, elle, envoie négocier le patron du comité de pilotage, Luc Coene. Il est 22 h 30. La discussion peut débuter. Elle va durer toute la nuit et se terminer à 7 h 30.

Au départ, la réunion doit résoudre deux problèmes. Un, rouvrir les sources de financement de Dexia, en apportant la garantie des États aux dépôts et aux crédits du groupe. Deux, trouver une solution pour la filiale américaine FSA. Mais la mise en place de la garantie des États prendra tellement de temps que les délégations ne pourront pas aborder le problème américain. Il y a en effet une série d'aspects techniques à régler : quels types de crédits seront couverts par cette garantie ? Comment les États vont-ils se faire payer ? Et surtout, comment répartir la garantie entre les trois États ?

Le gouvernement luxembourgeois se montre très réticent. Il se déclare même à un moment en faveur d'une nationalisation pure et simple. Mais à l'aube, un compromis se dégage : les nouveaux dépôts et les nouveaux financements, à la fois interbancaires et les obligations à destination des investisseurs institutionnels (d'une maturité maximale de trois ans), seront garantis à hauteur de 150 milliards d'euros par la France, la Belgique et le Luxembourg. Cette garantie, explique Jean-Luc Dehaene quelques heures plus tard, « engage chaque État à hauteur de sa participation dans Dexia (soit 60,5 % pour la Belgique, 36,5 % pour la France et 3 % pour le Luxembourg) ». L'action rebondit le jour même de 16 %. Les liquidités recommencent timidement à couler. La fuite des dépôts est colmatée. Dexia est sauvée, pour la seconde fois.

15

Coups de théâtre

Lundi 15 décembre 2008, 16 h 47, le Thalys entre en gare du Midi. À bord, Baudouin Prot rassemble ses affaires et se dirige vers la porte qui a déjà coulissé. Le patron de BNP Paribas n'effectue pas une tournée d'inspection de sa nouvelle filiale belge. Le protocole d'accord qui prévoit la cession de 75 % de Fortis Banque et 100 % de Fortis Insurance Belgium a été signé, deux mois plus tôt, les 9 et 10 octobre 2008. Mais quelques milliers d'actionnaires de Fortis, consternés par le sort réservé à leur entreprise, fâchés de ne pas avoir été consultés sur ces transactions multiples qui, en une semaine, ont quasiment vidé leur groupe de sa substance (l'action vaut moins d'un euro), ont porté l'affaire devant la Justice.

Malgré un avis du ministère public favorable aux requérants, le 18 novembre 2008, le Tribunal de commerce de Bruxelles, siégeant en référé, rejette leur demande. Dans son ordonnance, rendue dans une salle comble, la présidente, Francine De Tandt, estime que – « quelque compréhensible qu'il puisse être » –, le sentiment des actionnaires d'avoir été laissés pour compte ne peut justifier une remise en cause de la possibilité pour Fortis Banque de s'adosser à BNP Paribas. Un adossement « garant unique de la survie actuelle de Fortis Banque ». Une assemblée pourrait « entraîner un préjudice irrémédiable et irréparable pour Fortis Banque », ajoute la présidente, alors que pour les actionnaires, « le préjudice prétendument subi est et restera purement pécuniaire, et sera par conséquent toujours réparable ».

Un homme n'accepte pas cette défaite. Tandis que les avocats des actionnaires, parmi lesquels le célèbre cabinet Deminor, spécialisé dans la défense des minoritaires, jettent l'éponge, Mischaël Modrikamen, fort de ses 2 200 clients, fait appel. Seul. Yeux bleus, joues pleines, ce ténor du Barreau a commencé sa carrière au bureau bruxellois du cabinet américain Akin Gump Strauss Hauer & Feld, gagné rapidement le prestigieux Stibbe Simont où il a croisé un autre « jeune avocat promis à un bel avenir », Axel Miller (l'ex-patron de Dexia), avant de s'installer à son compte en 1993. Le premier gros dossier a atterri sur son bureau après deux années de patience : Confederation Life. Appelé à la rescousse par des détenteurs d'obligations émises par cette société d'assurances canadienne faillie, l'avocat a enquêté au Canada et est parvenu après deux ans de lutte, notamment contre la CGER qui refusait de dédommager ses clients, à faire rembourser les plaignants. Un premier coup d'éclat. D'autres suivront. La plupart des grands groupes œuvrant sur le territoire belge ont rencontré « maître Modrikamen » sur leur chemin : KBC, GDF Suez, Total…

Dans l'affaire Fortis, le quadragénaire fidèle à ses habitudes a décidé de s'accrocher, de se battre. Une stratégie qui effraie le gouvernement. Le « comité de pilotage » est chargé de trouver des issues. Fin novembre, Luc Coene et son équipe déposent sur la table du conseil des ministres une solution qui permettrait d'évacuer les recours : l'expropriation. Le gouvernement rédigerait un projet de loi en ce sens ; les actionnaires seraient dédommagés comme le sont des habitants devant déménager pour laisser passer une nouvelle ligne de chemin de fer après fixation d'un prix par le comité d'acquisition ; Fortis Banque serait ensuite vendue à BNP Paribas. Simple. Au sein du conseil, les onomatopées fusent. Simple mais politiquement risqué. La piste est abandonnée.

Le vendredi 12 décembre 2008, peu après 20 heures, l'arrêt surprend et glace tant les sphères financière que politique du royaume. La Cour d'appel bruxelloise accorde aux actionnaires l'assemblée générale que la première instance leur avait refusée. Cette dernière ne se contente pas de donner aux détenteurs de titres Fortis l'occasion de se prononcer sur les ventes conclues avec l'État néerlandais et BNP Paribas, l'instance suspend également la transaction avec le banquier français, l'oblige même à continuer d'assurer la liquidité de Fortis, et nomme un collège d'experts chargé d'évaluer ces diverses opérations. Cinq membres le composent : Walter Van Gerven, ancien président de la Commission bancaire, Guy Horsmans, professeur émérite en droit de l'Université catholique de Louvain, André Kilesse, ancien président de l'Institut des réviseurs d'entreprise, Roland Gillet, professeur d'économie à la Sorbonne et à l'Université libre de Bruxelles, ainsi que Remi Vermeiren, ancien patron de la KBC, institution concurrente de Fortis.

Durant cette soirée, le gouvernement belge se tait. Yves Leterme et Didier Reynders, le Premier ministre et son grand argentier, improbable couple qui a, le temps de quelques week-ends automnaux, réussi à donner une stature à un gouvernement en quête de cohérence, sont consternés. La gifle est terrible. Le dossier Fortis a permis au Flamand comme au Wallon de s'affirmer en mandataire efficace alors que l'opinion publique se lassait de chamailleries politiciennes axées sur des divergences communautaires. La campagne des partis du Nord du pays s'était appuyée sur la promesse de scinder l'arrondissement électoral de Bruxelles-Hal-Vilvorde, reliquat d'une Belgique non régionalisée ; les formations francophones n'entendaient pas, quant à elles, accéder à cette revendication sans y apposer le prix « adéquat ». Résultat : la formation de l'exécutif s'est éternisée et a nécessité une coalition, *a priori* contre-nature, de libéraux, de socialistes et de sociaux-chrétiens. Presque un gouvernement d'union nationale sans réelle cohésion jusqu'à cette crise bancaire qui a surtout profité au Premier ministre et au ministre des Finances. Yves Leterme et Didier Reynders ont surfé sur la vague médiatique, écartant et exaspérant parfois leurs collègues. Aujourd'hui, la défaite judiciaire leur explose en pleine figure. Mais c'est l'ensemble du gouvernement qui trinque.

Durant le week-end, pendant que les avocats des actionnaires se félicitent sur les plateaux de télévision et entrevoient même une renégociation des ventes gelées par la Cour d'appel, les contacts se multiplient entre les experts de BNP Paribas et de l'État belge. Et, le lundi 15 décembre, Baudouin Prot se présente en fin d'après-midi au cabinet du Premier ministre. À 19 heures y débute un « kern ». Sur la table, l'une des options consiste à vendre les 49 % que la Société fédérale de participations et d'investissement a acquis à l'issue du premier round de négociations, le dimanche 28 septembre, lorsque la Belgique, le Luxembourg et les Pays-Bas avaient décidé d'entrer dans le capital des différentes branches du groupe Fortis. Le rachat de ce bloc a échappé au gel voulu par le tribunal bruxellois et n'a jamais été remis en cause dans les prétoires. Pareille décision aurait pour implication de redessiner complètement l'accord conclu voici deux mois. Que faire, par exemple, de la vingtaine de milliards d'euros de crédits structurés, qualifiés de « toxiques » et isolés dans un véhicule détenu à hauteur de 66 % par Fortis, de 24 % par l'État et de 10 % par BNP Paribas ? Le gouvernement préfère éviter cette collision frontale avec les actionnaires. Trop risqué. Une telle pirouette relèverait du bras d'honneur à la Cour d'appel.

À 22 h 10, dans le « bunker », devant les caméras, Yves Leterme se limite à une déclaration ferme et succincte : l'État ripostera en Justice et « la poursuite du projet industriel entamé avec BNP Paribas constitue la meilleure garantie pour la continuité de Fortis Banque Belgique ». Nul dialogue n'est envisagé. Le Premier ministre fourbit ses armes.

Baudouin Prot a repris le Thalys. Rude journée. Le rachat de Fortis se mue en bourbier ; l'action BNP Paribas a perdu un dixième de sa valeur en Bourse, passant sous les 40 euros ; l'affaire Madoff, du nom de ce financier américain ayant monté une gigantesque fraude pyramidale de 50 milliards de dollars aux États-Unis, pourrait coûter 350 millions d'euros à la banque française. Une avalanche de mauvaises nouvelles. Les jours prochains ne s'annoncent guère meilleurs. Vendredi, une assemblée générale extraordinaire a été convoquée afin de se prononcer sur une augmentation du capital de 44 millions d'actions utiles au financement du rachat de Fortis Banque. Difficile de convaincre les actionnaires les mains vides. Seule consolation : le gouvernement belge n'a pas exclu de céder symboliquement une tranche significative de Fortis Banque à BNP Paribas. Une manière de sceller les liens autrement que sur papier.

Lettres assassines

Quarante-huit heures plus tard, le mercredi 17 décembre 2008, Yves Leterme est agacé, énervé même. Le Premier ministre se lasse de ces « attaques médiatiques » le soupçonnant voire l'accusant d'avoir tenté d'influencer la Cour d'appel. Plusieurs journaux ont relevé, ces derniers jours, les liens conjugaux entre une des trois juges en charge du dossier, Christine Schurmans, et Jan De Groof, une connaissance d'Yves Leterme, membre du CD&V (le parti du chef du gouvernement). La signature de la magistrate ne figure pas sur la dernière page de l'arrêt. Raison officielle avancée : maladie. La presse ne se contente pas de cette version et y associe d'éventuelles pressions politiques. Le climat est explosif.

Yves Leterme n'a pas la même lecture et entend le faire savoir. Le Premier ministre réclame un relevé des communications téléphoniques entre son cabinet et la sphère judiciaire. Il demande à son chef de cabinet, Hans D'Hondt, de rédiger une lettre reprenant ces informations afin d'éteindre la rumeur, avant de filer vers un « kern » prévu à 8 heures. Le midi, entre deux rendez-vous, le chef du gouvernement examine la missive, l'amende et la signe.

À 14 h 15, les députés pénètrent dans l'hémicycle du Palais de la Nation. À l'ordre du jour parlementaire, le Budget. Sur les bancs, les élus trouvent une copie de la lettre de deux pages qu'Yves Leterme a adressée, quelques minutes plus tôt, au ministre de la

Justice, Jo Vandeurzen, l'un de ses coreligionnaires du CD&V.

« Cher Collègue,

[...] Il n'y a eu aucun contact entre moi-même et un quelconque magistrat, en ce compris dans le cadre du dossier Fortis [...] En ce qui concerne la procédure pendante devant le président du tribunal de commerce, ma cellule stratégique apprend le 6 novembre de la cellule stratégique du ministre des Finances que le parquet s'apprête à requérir dans cette affaire. Il résulte de ces informations que le sens de l'avis est alors déjà connu. [...] Un bref contact est entrepris à titre informatif à 12 h 22 entre un conseiller de la cellule stratégique (du Premier ministre) et le substitut du Procureur du Roi Paul Dhaeyer afin d'obtenir confirmation. Cet entretien téléphonique dure exactement 1 minute 30 secondes. Il en ressort que le substitut en question rendra son avis à 15 heures ; il n'est pas question du fond. L'après-midi a lieu la réunion et le substitut rend son avis. [...] »

Yves Leterme précise encore qu'un entretien a lieu entre son chef de cabinet et Paul Dhaeyer après que ce dernier eut formulé son avis. Le Premier ministre indique que le substitut entendait lui commenter personnellement le contenu de son avis. « Il n'a pas été répondu favorablement à cette suggestion », ajoute-t-il, concluant : « Il n'a jamais été question d'influence dans le chef de ma cellule stratégique. »

Après ces détails sur la procédure en première instance, le Premier ministre enchaîne avec l'épisode de la Cour d'appel. *« Le mercredi 10 décembre à 19 h 45, M. Jan De Groof a téléphoné à Hans D'Hondt, le président de la Chancellerie* (soit le chef de cabinet du Premier ministre). *Ce dernier ne répond pas mais envoie un SMS avec la communication : "Jan, je suis en conseil de cabinet restreint. Je t'appelle plus tard." »* Jan De Groof lui demande de rappeler le lendemain. *« À ce moment, Hans D'Hondt ne disposait d'aucune information de contenu sur l'affaire et ne savait pas que Christine Schurmans faisait partie de la chambre qui traitait l'affaire Fortis. [...] »*

Le 11 décembre à 9 h 45, Hans D'Hondt rappelle Jan De Groof *« qui lui raconte que d'après ce qu'il a entendu, un changement soudain serait intervenu relativement au projet de décision relatif au dossier Fortis, avec lequel Christine Schurmans ne serait pas d'accord. Il se rend compte à ce moment qu'elle fait partie de la chambre et surtout qu'elle est apparemment en conflit avec les autres membres de la chambre. À la suite de cet entretien téléphonique, il informe la cellule stratégique des Finances où on ne dispose pas de renseignement à cet égard. Rien d'autre n'est entrepris. Le 11 décembre à 10 h 52, M. De Groof envoie un SMS à Hans D'Hondt évoquant l'information qui lui a été confiée selon laquelle Christine Schurmans a pu convaincre les plus hautes instances de la Cour de cassation à propos d'un "probable et dramatique revirement".*

De Groof demande de ne rien faire, ajoutant qu'il rappellera dès qu'il aura quitté sa réunion. » Plusieurs contacts de même nature sont encore mentionnés. Le Premier ministre conclut en laissant au ministre de la Justice « *le soin d'examiner les conséquences pouvant être tirées de ces informations* ».

La lettre d'Yves Leterme est incomplète. Il manque un courrier électronique envoyé par le « conseiller de la cellule stratégique », Pim Vanwalleghem, un substitut du Procureur détaché au cabinet du Premier ministre, donc un ex-collègue de Paul Dhaeyer, le représentant du ministère public au Tribunal de commerce dans l'affaire Fortis, et destinataire dudit mail. Le courriel de Pim Vanwalleghem, envoyé le 28 octobre 2008 à 10 h 10, se conclut sur une phrase ambiguë : « *Mon cher Paul, prends garde au bateau Fortis, les navires qui sombrent pourraient bien t'aspirer avec eux... meilleures salutations Pim.* »

Devant une commission d'enquête parlementaire, le 4 mars 2009, Pim Vanwalleghem précisera que cette phrase ne portait pas sur la procédure devant le Tribunal de commerce mais se référait à un autre dossier, concernant Fortis, traité par Paul Dhaeyer, une enquête sur des malversations. Le conseiller du Premier ministre ajoutera que le coup de téléphone passé à Paul Dhaeyer le 6 novembre 2008 l'a été à la demande de Hans D'Hondt, venu le trouver avec l'un des chefs de cabinet de Didier Reynders, Olivier Henin. Devant les parlementaires, Pim

Vanwalleghem dira encore avoir été informé sur le dossier par Olivier Henin. Il indiquera que les deux chefs de cabinet lui ont fait part de leurs « inquiétudes » après avoir reçu des « signaux » quant à l'avis que s'apprêtait à rendre le substitut.

La séparation des pouvoirs a-t-elle été bafouée ? Même dépourvue du mail, la missive du Premier ministre engendre la stupeur au Parlement. Au sein du gouvernement, personne n'était au courant de cette initiative. Les travaux à la Chambre sont suspendus jusqu'à 16 heures. Quarante-cinq minutes plus tard, l'opposition se déchaîne. Imperturbable, comme sourd aux assauts, concentré sur son portable, le chef du gouvernement ne cesse d'envoyer des messages. La pression retombe lorsque les chefs de groupe de la majorité annoncent la mise en place d'une commission d'enquête parlementaire. À 19 heures, le président de la Chambre interrompt la séance. Le lendemain, jeudi 18 décembre 2008, un missile part du Palais de Justice de Bruxelles. Le Premier président de la Cour de cassation, Ghislain Londers, a pris sa plume et a envoyé une lettre à Herman Van Rompuy, le président de la Chambre.

« Après une analyse minutieuse du courrier du 17 décembre 2008 adressé par le Premier ministre, M. Leterme, au ministre de la Justice M. Vandeurzen [...] on observe immanquablement un certain nombre d'indications claires donnant à penser que tout a été mis en œuvre pour que l'arrêt de la 18e chambre de la cour d'appel ne puisse pas être

prononcé comme prévu et que des tentatives ont été faites de faire traiter le dossier par un siège composé différemment, dans l'espoir sans doute que le résultat serait différent du "tour dramatique" annoncé, à savoir une révision du jugement du président du tribunal de commerce de Bruxelles siégeant en référé. Ce constat me paraît important au point que j'estime devoir vous en informer sur-le-champ. [...]

Ghislain Londers. »

Le vendredi 19 décembre 2008, alors que, faute d'accord sur Fortis Banque, BNP Paribas a annulé l'assemblée générale qui devait se prononcer sur l'augmentation de capital, à 15 heures, un second missile est tiré. Six pages du même auteur. Un rapport qui égratigne le ministre de la Justice, Jo Vandeurzen, et se termine sur ces mots : « *Les éléments qui sont en ma possession, vu mes pouvoirs limités d'enquête, n'apportent peut-être pas de preuves juridiques d'une tentative d'entrave à la justice, mais constituent indubitablement d'importantes indications en ce sens.* » La deuxième salve de Ghislain Londers fait mouche. À 16 h 30, Jo Vandeurzen, en pleurs, niant avoir fauté mais assumant ses responsabilités, présente sa démission. À 19 h 15, Yves Leterme se rend au palais royal afin de l'imiter. Le gouvernement tombe.

16

Non

Nouveau gouvernement, même méthode : nocturne. Le jeudi 29 janvier 2008, Herman Van Rompuy, qui a troqué durant les fêtes de fin d'année son fauteuil de président du Sénat contre le siège, vide, de Premier ministre, reçoit un protocole d'accord rédigé par le « groupe de pilotage » et BNP Paribas. Depuis deux semaines, les équipes de Baudouin Prot discutent avec les experts belges d'une révision de la convention de cession adoptée dans la soirée du dimanche 5 octobre 2008. Le nouveau document compte une vingtaine de pages que le successeur d'Yves Leterme au 16 rue de la Loi espère parapher rapidement. La fumée blanche ne s'échappera que le lendemain matin, à l'aube.

L'arrêt de la Cour d'appel du 12 décembre a modifié la donne : la cession de Fortis Banque à l'institution de la rue d'Antin est partiellement gelée. Ni le gouvernement belge, ni la banque française n'ignorent que la copie devra être revue afin de convaincre les actionnaires de Fortis qui sont appelés, les 11 et 13 février, à se prononcer sur cette vente lors d'assemblées générales à Bruxelles et à Utrecht. Une nouvelle copie inspirée par le rapport « intermédiaire » des experts désignés par l'instance d'appel. Ce quintette approuve la formule trouvée durant l'automne et recommande même aux détenteurs de titres Fortis de l'adopter. Mais il s'interroge sur la mise à l'écart du bancassureur durant les négociations. Conclusion : la solution idéale consisterait à ramener de la valeur dans la holding. Comment ? En rapatriant une part, soit de la banque, soit des assurances, promises à BNP Paribas.

Les vingt pages déposées le jeudi sur le bureau de Herman Van Rompuy tiennent compte de cette recommandation. Le blocage sera causé par le portefeuille de produits structurés, ce véhicule où sont logés les actifs dits « à risques ». La nouvelle mouture prévoit d'en financer une partie par le biais d'un prêt de Fortis Banque, garanti à hauteur de 6 milliards et demi d'euros par l'État belge. Laurette Onkelinx, la vice-Première ministre socialiste, se cabre. « On a assez donné », clame-t-elle. La garantie est trop élevée. Le Premier ministre tente de convaincre la mandataire rouge sans succès. Didier Reynders, le ministre des Finances, l'un des nombreux rescapés de la précédente équipe gouvernementale, sait que la Liégeoise (comme lui) ne pliera pas. Le texte doit être remanié.

Peu avant 2 heures, dans la nuit de jeudi à vendredi, Baudouin Prot est rappelé au « Seize ». Le patron de BNP Paribas s'isole avec Luc Coene, le vice-gouverneur de la Banque nationale de Belgique. La garantie de l'État est ramenée à 5 milliards d'euros. Le montant agrée chacun. Il est 5 heures du matin.

Malgré l'heure tardive, une conférence de presse est organisée. Le nouvel accord ne touche pas au volet bancaire. La principale modification concerne les assurances : Fortis Insurance Belgium, première compagnie du royaume, n'est plus cédée au banquier français et demeure à hauteur de 90 % dans la holding Fortis. Une sorte de retour à la structure d'origine, les « Assurances Générales », sur la base desquelles Maurice Lippens avait bâti en deux décennies son empire. Le financement du portefeuille de produits structurés est aussi bouleversé : Fortis holding n'y injecte plus qu'un milliard d'euros (contre plus de 6 auparavant) ; l'État réduit sa facture immédiate de 5,5 à 2 milliards mais apporte la garantie sur 5 des 6,5 milliards à charge de Fortis Banque (laquelle est détenue à hauteur de 75 % par BNP Paribas et de 25 % par l'État), alors que la contribution directe de BNP Paribas se maintient à 0,9 milliard. Tard dans la soirée, le banquier français a fini par accepter de ne plus percevoir 2,35 milliards en provenance de la holding, au titre de couverture sur un emprunt convertible (les *cashes*[1]) émis lorsque Fortis cherchait à ramasser tout ce qu'il pouvait sur le marché pour financer le rachat d'ABN Amro.

Le geste est fait. Sera-t-il suffisant ? Rapidement, les défenseurs des minoritaires se positionnent. Ils sont contre. Deminor, Mischaël Modrikamen ou encore l'association consumériste Test-Achats dénoncent cet avatar. L'inconnue se situe en Chine. Le premier actionnaire de Fortis qui représente 4,99 % du capital, soit plus de 120 millions des 2,5 milliards de titres, l'assureur Ping An, se tait. En cinq mois de crise, les déclarations du groupe de Shenzhen se comptent sur les doigts d'une main. La société cotée à la Bourse de Hong Kong a opté pour la discrétion, préférant négocier directement avec l'État belge. Les Chinois n'ont guère apprécié de perdre quasiment 2 milliards d'euros dans l'aventure. Le 24 octobre 2008, Yves Leterme et Didier Reynders, le Premier ministre et son grand argentier, ont d'ailleurs rencontré Ma Mingzhe, le patron de l'assureur, en marge d'un sommet de l'« Asia-Europe meeting » pour discuter d'une demande de dédommagement. Des avocats du cabinet White & Case, conseil de Ping An, ont également assisté à cette rencontre qui a laissé la requête chinoise insatisfaite.

1. « Convertible and subordinated hybrid equity-linked securities », soit littéralement des titres liés à des actions, hybrides, convertibles et subordonnés.

Le suspense se prolonge jusqu'au dimanche 8 février vers midi. L'assureur dit « non ». Une manière de préserver ses droits en cas de litige ? En coulisses, rue de la Loi, le choix est interprété comme tel : Ping An entendrait de la sorte se réserver le droit de porter plainte devant un tribunal arbitral international. La Belgique signe avec de nombreux États des traités de protection bilatéraux des investissements. Une manière de protéger les engagements belges à l'étranger. Des procédures arbitrales internationales sont prévues en cas de défaut. En l'espèce, le traité se retournerait contre l'État belge.

Ultime manœuvre

Lundi 9 février, la tension monte. Au Nord comme au Sud du royaume, Fortis truste les « unes » dans les kiosques. La presse compte les forces en présence. Le pays mesure que l'assemblée générale du mercredi sera l'une des plus cruciales de son histoire économique. Le mardi 10, la pression s'élève encore d'un cran et atteint même le sommet de l'État. Dans la matinée, Herman Van Rompuy réunit ses vice-Premiers ministres afin de faire le point sur le dossier. Devant ses pairs, Didier Reynders, le ministre des Finances, évoque une piste pour contrer le vote annoncé négatif de Ping An : les titres obtenus en contrepartie de l'emprunt convertible *cashes* émis pour financer une partie du rachat d'ABN Amro. Cent vingt-cinq millions d'actions Fortis, détenues par Fortis Banque (dont l'État est le principal actionnaire), soit 5 % du capital du groupe, qui pourraient être opportunément utilisées. Le grand argentier révèle que ces titres ont été « déposés » la semaine précédente afin de pouvoir être employés lors de l'assemblée générale. Ses collègues, Premier ministre compris, le découvrent et n'apprécient guère. Laurette Onkelinx estime qu'une telle décision nécessite un éclairage juridique. Les avis que la mandataire socialiste reçoit de ses conseils sont négatifs : ces titres ne disposeraient pas, à ce moment-là, de droit de vote. La vice-Première ministre craint surtout la lecture politique d'une telle manœuvre de dernière minute. « L'État, qui représente l'intérêt général, se rendrait coupable d'un chipotage de bas-étage », estime-t-elle.

En début de soirée, un nouveau « kern » est convoqué. Les 125 millions d'actions continuent d'abreuver les discussions. Aux principaux ministres du gouvernement se sont joints les avocats de l'État, Xavier Dieux et Christian Van Buggenhout, ainsi que Luc Coene qui préside le « comité de pilotage ». Un argument neuf est apporté par les partisans de l'utilisation des *cashes* : l'emploi des droits de vote liés à ces titres éviterait que BNP Paribas ne reproche au gouvernement belge de ne pas avoir fait tout ce qui était en son pouvoir. Le conseil des ministres restreint demeure partagé et ne prend pas position. Ou plutôt laisse-t-il le soin à Fortis Banque de décider.

À 19 heures, ce même jour, débute un conseil d'administration de l'institution bancaire. Par téléphone, Luc Coene invite les administrateurs de Fortis Banque à se prononcer pour l'emploi de ces titres le lendemain lors de l'assemblée générale bruxelloise. Le vice-gouverneur de la Banque nationale essuie un refus. Les dirigeants de la banque savent que le prospectus d'émission des *cashes* précise que les droits de vote liés à ces actions ne peuvent être exercés qu'après la conversion des obligations en actions.

À 23 heures, nouveaux coups de fil : les administrateurs sont rappelés ; un conseil est tenu par téléphone. Les avis juridiques sont clairs : c'est irréalisable. À une exception près, mais orale : l'emploi du bloc d'actions serait imaginable si Fortis Banque n'est plus une filiale de Fortis (holding). Or, l'assemblée est appelée à se prononcer sur ce point. Nouveau blocage.

Le mercredi matin, jour de l'assemblée, à 7 h 30, Luc Coene est de nouveau à la manœuvre. Les administrateurs de Fortis Banque conviennent de demander à Guy Horsmans, l'un des experts nommés par la Cour d'appel, qui coprésidera la première partie de l'assemblée générale, de soumettre ce point au scrutin : les actionnaires voteront pour ou contre l'emploi de ces titres.

Pour : 49,74 %

Deux heures plus tard, en ce mercredi 11 février, les abords du Parc des expositions de Bruxelles, sur le plateau du Heysel, se noircissent de centaines d'actionnaires de Fortis. Devant le palais 6 se bousculent déjà les caméras et les objectifs. Les images ne pourront être saisies qu'au début de la réunion. Pas de télé pendant l'assemblée générale.

À l'entrée, des portiques détectant les métaux disciplinent la foule. Des files se forment, les sacs s'ouvrent, les portables et les clefs sonnent. Puis viennent le vestiaire et le café. Le vin jaillira plus tard. Dans la salle, les administrateurs de Fortis trônent déjà sur une estrade presque chétive dans l'immensité de béton à peine habillée. Plus de quatre mille chaises les regardent. À côté du conseil du bancassureur, quatre places ont été réservées aux experts désignés par la Cour d'appel. Une seconde salle, à l'autre bout du patio, plus confortable et moins spacieuse, a été ouverte pour les détenteurs de titres qui ne trouveraient pas place dans le palais 6 ou qui préfèrent la discrétion de cet espace reculé.

Il est 10 h 30. Le quart d'heure académique s'est transformé en demi-heure. « Nous pouvons parler d'une assemblée historique, cruciale pour l'avenir d'une banque avec des milliers d'employés… », commence Jan-Michiel Hessels tandis que les actionnaires, panachés de costumes-cravates, pulls-anoraks et robes à fleurs, de jeunes, de moins jeunes surtout, poursuivent leur installation sur les chaises pliables, disséminées comme les cohortes d'une armée romaine.

Les présidents de l'assemblée générale exposent la situation aux actionnaires. L'alternative est simple : accepter ou rejeter le plan de sauvetage de Fortis Banque imaginé en septembre et octobre derniers consistant principalement en la cession des actifs néerlandais à La Haye et en la vente de Fortis Banque à BNP Paribas. Vient ensuite le temps, très long, des questions ou, plus souvent, des récriminations. Le temps des actionnaires meurtris, furieux d'avoir perdu, pour certains, des fortunes dans cette mésaventure.

Le sentiment qui s'empare de l'assemblée après les premières interrogations n'est guère mitigé : nombre de petits actionnaires s'estiment trompés ou plutôt trahis. Pierre Nothomb, patron de Deminor, le cabinet spécialisé dans la défense des minoritaires, dévoile le pot aux roses : l'État tente de déposer, in extremis, 125 millions de titres, via Fortis Banque. Une manœuvre qui lui permettrait de représenter environ 5 % du capital. Une proportion qui pèserait un quart du capital présent au Parc des expositions de Bruxelles. La salle hue, comme elle le fera à plusieurs reprises, souvent contre les administrateurs mais également contre les experts.

Guy Horsmans explique que l'assemblée pourra se prononcer sur l'opportunité du dépôt de ces titres. *« Vendu, vendu, vendu ! »* osent des voix anonymes. Dans la clameur, les questions reprennent. « C'est paradoxal de constater que la Belgique a peur de garder Fortis alors que la France a peur de la perdre », lance un petit porteur, synthétisant le sens de nombreuses interventions. Mais le discours n'est pas unanime. Quelques orateurs soulignent que l'adossement à BNP Paribas n'est peut-être pas une mauvaise solution, qu'« un tiens vaut mieux que deux tu l'auras » comme l'exprime le bon sens populaire bruxellois. Lassés par des mois d'incertitude, enclins à céder aux sirènes françaises, les employés se manifestent également par le biais des syndicats. Question : « Pourrez-vous nous assurer qu'il n'y aura pas de bain de sang social ? » Réponse de Fortis : « Voyez avec BNP Paribas… » Ce ne sera pas le seul aveu d'impuissance.

Peu avant 15 heures, Jan-Michiel Hessels reçoit un message lui indiquant que Fortis Banque, c'est-à-dire l'État, n'entend pas « insister » quant à sa demande concernant les 125 millions de titres. La pression devenait trop forte ; les menaces de recours en annulation de l'assemblée trop incisives. Quelques minutes plus tard, Guy Horsmans livre l'information aux milliers d'actionnaires. Ovation de la salle.

Alors que le président tente d'arrêter la logorrhée, un petit porteur livre un dernier mot : « Je suis entré ici en me disant que j'allais poser un geste citoyen, voter pour, mais avec ce que j'apprends de la tentative de l'État, avec ces 125 millions d'actions, je vais revoir ma position. »

Il est 15 h 24. Jan-Michiel Hessels, président faisant fonction du groupe Fortis, déclare « le vote ouvert ». Plus de cinq mille doigts se posent sur le boîtier électronique qui sert de bulletin virtuel. Dissipée, sinon turbulente, l'assemblée se concentre et mesure la gravité de l'instant. Le silence est absolu. Durant quelques secondes, pas un toussotement, nul murmure, aucun crissement. Les index et les pouces s'actionnent. Les regards se tournent vers les six écrans géants qui tapissent les murs. La machine tarde. *« Spannend »*, lâche, enjoué, Jan-Michiel Hessels. Captivant. La tension atteint son paroxysme. Les chiffres apparaissent sur fond blanc. *« Pour : 49,74 % »*. Insuffisant. Le non l'emporte de vingt-six centièmes. Fortis Banque ne sera pas cédée à BNP Paribas. Pas aujourd'hui. Le son revient. Timide d'abord. Hardi ensuite. Les partisans du « non » exultent. Cinq heures auront été nécessaires pour accoucher de ce score. Il est 15 h 27.

Le revers est cinglant et touche l'ensemble du gouvernement. Mais le « non » – confirmé le 13 février à Utrecht – apparaît surtout comme une gifle pour le ministre des Finances. Didier Reynders porte le dossier depuis plus de cinq mois. Le mandataire libéral n'a cessé de se démener, jouant de son carnet d'adresses riche de près d'une décennie passée à la gestion du portefeuille de l'État belge. Le Liégeois a défendu la solution française jusqu'à manœuvrer à l'ultime seconde pour emporter la mise à l'aide de 125 millions de titres. Plus que le projet « industriel », c'est la maladresse du mandataire qui a été sanctionnée en ce mercredi.

Le message délivré à l'ombre de l'Atomium par les milliers d'actionnaires de Fortis revêt aussi un caractère « nationaliste ». BNP Paribas paie l'« hémorragie belge » : de nombreux fleurons du Plat pays ont fini leur course dans l'escarcelle de champions hexagonaux. La Royale Belge a été absorbée par Axa ; la Société générale de Belgique, Tractebel et Electrabel avalées par Suez, devenu GDF Suez ; Petrofina a épousé Total, avant d'être « trompée » et finalement noyée dans le nouveau couple avec Elf ; les supermarchés GB ont rejoint Carrefour. Fortis relève de la catharsis.

Telle est du moins l'analyse qui est faite du vote négatif. Conclusion : le « non » est un « oui » en puissance. Reste à le canaliser. Les parties s'y attellent dès le lendemain. Dans le cabinet du Premier ministre, le discours se focalise sur Ping An. Sans les 5 % de l'assureur chinois, BNP Paribas serait propriétaire de Fortis. Propos similaires rue d'Antin : « la majorité des intérêts belges nous étaient favorables », considèrent les banquiers français. Si le coup demeure difficile à encaisser, les équipes se remettent rapidement à phosphorer. Les billets de Thalys pleuvent. Le protocole conclu en octobre entre BNP Paribas et l'État belge est valide jusqu'au 28 février ; la date de péremption sera reculée d'une semaine.

Dans la capitale belge, revigorés par le « non » des actionnaires du holding, les partisans d'une Fortis Banque nationalisée tentent de pousser leur dessein. Plusieurs ministres y sont sensibles ; le projet est même étudié. Mais la piste privilégiée par le gouvernement reste l'adossement à l'institution française. Le jeudi 5 mars, Herman Van Rompuy et Didier Reynders profitent d'une visite éclair à l'Élysée pour évoquer le dossier avec le Président français. Nicolas Sarkozy rassure le couple belge sur les intentions de BNP Paribas : la dureté des négociateurs hexagonaux n'est pas tactique ; la banque de la rue d'Antin a bénéficié d'une injection publique de 5 milliards et ne peut, en aucune manière, mettre ces fonds propres en danger. Le ministre belge des Finances assortit son ultime offre d'un droit de tirage qui laisse à Fortis Banque la possibilité d'émettre des actions souscrites par l'État belge à concurrence de 2 milliards d'euros. Convaincant.

Le vendredi 6 mars 2009, Baudouin Prot, privé de ski, débarque sur le quai de la gare du Midi avec une valise et une réservation d'hôtel. Sages précautions. La finalisation de l'accord nécessitera encore une nuit. À deux heures, le samedi, le troisième protocole de cession de Fortis Banque à BNP Paribas est prêt. L'institution française prend 25 % de Fortis Insurance Belgium pour 1,375 milliard d'euros. Le portefeuille de produits dits « à risques » est une nouvelle fois remanié. À 3 heures, les protagonistes rencontrent la presse.

Dans les jours qui suivent, plusieurs opposants à la version du 30 janvier confient leur adhésion à cette troisième mouture. La holding Fortis annonce surtout que tous les actionnaires disposeront du droit de vote aux assemblées générales des 8 et 9 avril.

Lors des grands-messes de février, conformément à l'arrêt de la Cour d'appel, seuls les actionnaires ayant acquis leurs titres avant le 14 octobre 2008 avaient bénéficié de ce droit. Une manière d'écarter les spéculateurs.

À Paris, le doute n'est plus permis. En avril, à Bruxelles comme à Utrecht, les vingt-six centièmes maudits seront gommés. Et BNP Paribas deviendra la plus grande banque du continent.

ÉPILOGUE

LA RUINE DES BELGES

Quelques jours après les naufrages de Fortis et Dexia, le *Financial Times* publiait la carte de l'Europe bancaire. Elle montrait, en regard de la taille économique de chaque pays, le poids de ses grandes banques. Un élément frappait d'emblée : beaucoup de ces établissements possédaient des actifs qui dépassaient largement le montant du produit intérieur brut des pays dans lesquels ils avaient élu domicile. Le déséquilibre était particulièrement flagrant dans deux pays : l'Islande et la Belgique. Le bilan de Fortis – 900 milliards d'euros environ – représentait un peu moins de trois fois le PIB belge, c'est-à-dire la somme de toutes les richesses produites en Belgique pendant un an. Celui de Dexia deux fois, et celui de la banque flamande KBC était équivalent au PIB belge. En comparaison, la taille de bilan de BNP Paribas (1 700 milliards d'euros), avant l'union avec Fortis, était beaucoup plus modeste : elle n'atteint même pas une fois le PIB français (2 000 milliards d'euros).

Ce déséquilibre entre la taille économique du pays et celle de ses banques permet de comprendre la nervosité et le sentiment d'urgence qui se sont abattus sur les autorités belges le week-end des 27 et 28 septembre, lorsqu'il est apparu que Fortis et Dexia, en parallèle, menaçaient de sombrer, alors que le gros assureur mutualiste Ethias assistait au départ précipité de certains clients. Ethias sera d'ailleurs lui aussi recapitalisé par l'État trois semaines plus tard, à hauteur de 1,5 milliard d'euros.

Imagine-t-on en France le choc qu'aurait causé un appel au secours simultané de BNP Paribas, du Crédit Lyonnais, de la Caisse d'Épargne et d'Axa, parallèlement à l'ébranlement d'un groupe d'assurance-vie comme Afer ?

Oui, on comprend l'inquiétude des autorités belges en ces derniers jours de septembre 2008. Car personne, pas même le président de la Banque centrale européenne, Jean-Claude Trichet, ne sera à même de fournir une prévision de la suite des événements au gouvernement belge.

L'importance des sommes débloquées donne le tournis. La Belgique, à l'automne 2008, injecte une vingtaine de milliards d'euros dans ses établissements financiers. Environ 3 500 euros par ménage. Sans compter les garanties que l'État a octroyées sur les dépôts bancaires des particuliers et certains instruments de financement de Dexia.

La mondialisation a joué un rôle essentiel dans le surdimensionnement des banques belges. Installées dans un petit pays, à l'économie très ouverte, elles ont été tentées de grandir par tous les moyens. Or, elles ne pouvaient compter sur la seule dynamique d'un marché local trop étroit. Ces banques qui se targuaient dans les années 1980 d'être solides, résistantes, prudentes, ont, à partir du milieu des années 1990, dopé leur bilan avec des produits parfois très dangereux. Pour rester dans la course au rendement pour l'actionnaire, elles se sont gavées d'amphétamines qui ont modifié leur métabolisme en profondeur.

Les risques pris étaient de natures différentes. La KBC, la grande banque flamande, a fait le pari du développement de l'Europe de l'Est et a été parmi les premières banques occidentales, avec les banques autrichiennes, à acheter systématiquement des banques et des assurances en Europe centrale et orientale. Cette exposition aux marchés émergents lui vaut aujourd'hui des problèmes, mais elle n'a jamais déséquilibré son bilan.

Fortis et Dexia, elles, ont été plus aventureuses. À la fois dans leurs investissements mais aussi dans leur structure. Les deux groupes ont en effet été des pionniers, chacun à leur manière, de la fusion transfrontalière. Fortis est le fruit du mariage en 1990 de l'assureur belge AG et de l'assureur néerlandais Amev. Dexia a été créé en 1996 lorsque le Crédit Communal de Belgique et le Crédit Local de France ont convolé.

Entre le milieu des années 1990 et le milieu des années 2000, cette croissance forcée a été un sujet de fierté à Bruxelles : la Belgique n'avait-elle pas donné naissance aux deux premiers groupes réellement transnationaux en Europe ? Maurice Lippens tirait d'ailleurs son immense prestige et sa stature incontestée de parrain de l'économie belge de cet exploit : le père fondateur de Fortis avait réussi à maintenir en Belgique une grande multinationale, un des vingt premiers groupes financiers européens. Même au sein des autorités régulatrices, et du gendarme financier, la CBFA, on n'était pas peu fier de se présenter comme *lead supervisor* (contrôleur en chef) de géants européens de la finance.

Mais les dopants pris à forte dose finissent toujours par causer de graves problèmes de santé. Fortis est presque morte d'avoir voulu à la fois absorber une banque néerlandaise presque aussi grande qu'elle et financer un énorme portefeuille de crédits structurés censé donner un coup de fouet à ses résultats. Et Dexia n'a jamais su, pour des raisons originelles, réaliser un groupe réellement intégré. Cette faiblesse dans le management l'a conduit à réaliser des acquisitions souvent problématiques, sinon malheureuses, comme les banques néerlandaises Kempen et Labouchère ou l'assureur américain FSA. Au surplus, la banque s'est transformée, à en croire son actuel patron Pierre Mariani, en un fonds spéculatif, finançant à court terme des engagements à long terme de plus en plus importants.

Toutefois, ce problème de taille et de management n'explique pas tout. Un élément psychologique a également joué, qui n'a pas été appréhendé immédiatement par les autorités belges : les banques du plat pays se caractérisent par des liens très particuliers qui les unissent à leurs clients, dont beaucoup sont aussi actionnaires. Lors de la mise en Bourse de Dexia, beaucoup de clients, qui ne s'étaient jamais intéressés aux placements boursiers, ont été sollicités pour entrer dans le capital de la banque, sans mesurer pleinement le risque encouru. Quant à Fortis, héritage de la Générale de Banque et des AG, deux des plus vieilles institutions financières privées du pays, ses actions étaient considérées là aussi comme des obligations assorties d'un bonus. Pendant dix ans, ces titres ont de fait fonctionné de la sorte, rapportant aux actionnaires un coquet dividende. Ces banques étaient aussi les plus grands employeurs du pays. Fortis employait 25 000 personnes en Belgique, Dexia 13 000. Lorsque les cours de la Bourse se sont effondrés, le crédit des banques belges a directement été ébranlé. Personne n'avait anticipé un tel lien entre la santé de la Bourse et la stabilité des dépôts.

Ce lien entre la population et ses banques s'est également révélé dans la résistance coriace des actionnaires de Fortis au démantèlement de leur groupe et à la cession à BNP Paribas. Le deuil, symbolique autant que patrimonial, a été difficile. Il renvoyait aussi à la disparition, mais dans d'autres circonstances, des fleurons industriels du pays qui avait été la conséquence de l'absorption de la Société Générale de Belgique par Suez. Mais là au moins, si les centres de décision avaient quitté la Belgique, le patrimoine des Belges en avait été augmenté.

Aujourd'hui, on ignore encore l'exacte portée de l'effondrement de Fortis sur l'économie belge, mais elle est énorme. Certains chiffres peuvent donner une ampleur de la catastrophe. En un an, la capitalisation boursière du premier groupe financier belge est passée de 40 à 2 milliards d'euros. Plus généralement, le bas de laine des épargnants belges, dans lequel les titres bancaires occupaient traditionnellement une place de choix, a été troué par la crise. Selon Guy Quaden, le gouverneur de la Banque nationale de Belgique, « le patrimoine financier net des ménages belges est passé de 900 à 750 milliards d'euros en 2008 ». Et au premier trimestre 2009, la baisse des marchés et la destruction de richesse se sont poursuivies.

Ces quelques jours entre le 27 septembre et le 6 octobre 2008 marquent aussi la fin d'un rêve. Il est vrai que ce rêve habitait surtout Bruxelles et bien moins La Haye ou Paris. Lorsqu'il a fallu sauver ces banques, les négociations entre États ont souvent été tendues. Il ne s'agissait pas seulement des montants en jeu : avec la crise en effet, les réflexes nationalistes ont réapparu. Il apparaissait soudain inconcevable à un pays que ses épargnants puissent financer l'activité du voisin. Chacun a cherché à couver jalousement ses dépôts. Ainsi, Fortis a été dépecée au terme d'un coup de force de l'État néerlandais qui n'avait en réalité jamais accepté de voir son joyau bancaire ABN Amro passer dans des mains étrangères et spécialement belges. Ah ! la vieille rancœur d'Amsterdam à l'égard de ces Bruxellois qui en 1830 ont chassé Guillaume d'Orange de leur territoire…

Quant à Dexia, c'est la Belgique qui, soudain, a été tentée de scinder le groupe, de laisser le Crédit local de France se débrouiller avec le casse-tête de sa filiale américaine FSA. Il est vrai qu'au moment de la naissance du groupe le père fondateur belge, François Narmon, avait fièrement déclaré au ministre des Finances de l'époque, Philippe Maystadt, que les dépôts belges continueraient à alimenter l'économie belge. Or, dix ans plus tard, Dexia Banque Belgique alimentait FSA par le biais d'une ligne de crédit de 5 milliards de dollars.

Fin d'un modèle européen, fin d'un modèle bancaire, fin d'une certaine idée ou d'une certaine grandeur d'un pays : l'effondrement de Fortis, principale institution financière belge, a donc été symbolique a plus d'un titre. C'est un actionnaire à la voix tremblante, lors d'une des assemblées houleuses de Fortis, début décembre 2008, qui résume le mieux l'idée du désastre. « Après le chagrin des Belges, s'exclame-t-il, voici la ruine des Belges ! »

Ce qu'ils sont devenus

À la demande du gouvernement belge, **Maurice Lippens** a démissionné de la présidence de Fortis le 28 septembre 2008. Dans la foulée, il a remis tous ses mandats liés de près ou de loin à la chose publique : conseil d'administration de Belgacom, commission de corporate gouvernance (qui jusque-là portait son nom), institut des administrateurs Guberna. Il a par contre conservé son siège au conseil de GBL, holding d'Albert Frère. Depuis fin septembre, il a complètement disparu de la scène médiatique. Il passe toujours ses semaines à Bruxelles, plongé dans ses papiers et préparant avec ses avocats les éventuels prolongements judiciaires de l'affaire Fortis. Le week-end, c'est Knokke, les balades dans les dunes et la Compagnie du Zoute, la société familiale de promotion immobilière dont il a conservé la direction.

Écarté le 11 juillet 2008, **Jean-Paul Votron** passe le plus clair de son temps à Saas-Fee, dans les montagnes valaisannes, où il s'adonne au sport et tente de prendre du recul. Pour le reste, il anime des séminaires sur la gestion d'entreprise en période de crise et écrit un livre de conseils aux candidats patrons.

Nommé ad intérim à la place de Jean-Paul Votron le 11 juillet 2008, **HERMAN VERWILST** décroche dès le 20 septembre, victime d'un malaise. Depuis, il n'a pas d'autre fonction officielle que celle de chargé de cours à l'Université de Gand, où il vient de reprendre un cours de 30 heures : « Stratégie et organisation des institutions financières ». Pour le reste, c'est repos à la maison.

Définitivement mis hors jeu le 24 octobre 2008, **GILBERT MITTLER** vit entre Knokke et Anvers, sa ville d'origine. À la recherche de nouvelles responsabilités professionnelles, il donne un coup de main à des amis dirigeants de PME.

FILIP DIERCKX a succédé à Herman Verwilst à la tête du groupe le 26 septembre 2008, le jour où tout bascule pour Fortis. Quelques jours plus tard, il (re)passe à la direction de Fortis Banque, que l'État belge est convenu de céder à BNP Paribas. Une fois la transaction clôturée, il est prévu qu'il soit remplacé par Jean-Laurent Bonnafé, numéro deux de la banque française, Filip Dierckx étant appelé à conserver une place au comité de direction de Fortis Banque. Du moins pour un temps.

AXEL MILLER a été remplacé par Pierre Mariani à la tête de Dexia, le 7 octobre 2008. Depuis, il conseille à l'occasion des dirigeants d'entreprise dans leurs négociations avec les banques, consacre du temps à une coopérative de microcrédits, donne des conférences sur la crise financière et réfléchit à sa reconversion professionnelle.

PIERRE RICHARD a lui aussi tiré un trait sur Dexia lorsqu'il a dû quitter son fauteuil de président du conseil d'administration de la banque, le 7 octobre, au profit de Jean-Luc Dehaene. Il se consacre désormais à ses charges d'administrateur dans quelques grandes sociétés : EDF Energies Nouvelles, Air France-KLM, Generali France Holding. Il est également administrateur du groupe éditorial Le Monde et expert auprès du conseil d'administration de la Banque Européenne d'Investissement.

CHRONOLOGIE

1822. Guillaume Ier, roi des Pays-Bas, crée la « Société générale des Pays-Bas pour favoriser l'industrie nationale », qui deviendra, lors de l'indépendance de la Belgique en 1830, la Société générale de Belgique et servira notamment, jusqu'en 1850, de banque nationale au royaume.

1824. Fondation à Bruxelles de la « Compagnie d'Assurances Générales sur la Vie, les Fonds Dotaux et les Survivances » qui deviendra le groupe AG.

1848. Constitution du « Comptoir national d'escompte de la ville de Paris » (CNEP). La Caisse de retraite est fondée à Bruxelles. Quinze ans plus tard, elle s'unit à la Caisse d'épargne voulue par les pouvoirs publics afin d'encourager l'épargne populaire. La CGER est née.

1863. La « Banque de crédit et de dépôt des Pays-Bas » est fondée à Amsterdam.

1869. La « Banque de Paris » se crée et installe son siège rue d'Antin, dans le quartier de l'Opéra, à Paris.

1872. Ces deux banques fusionnent et forment la « Banque de Paris et des Pays-Bas » (Paribas).

1934. Après le krach de 1929, les autorités belges décident d'interdire à une banque de détenir des participations dans des entreprises non bancaires. Aussi, la Société générale de Belgique crée-t-elle la « Banque de la Société générale de Belgique » (qui deviendra la Générale de Banque) dont elle reste le principal actionnaire.

1945. Nationalisation, en France, des grandes banques de dépôts dont le CNEP et la Banque nationale pour le commerce et l'industrie (BNCI). La Banque de Paris et des Pays-Bas y échappe en optant pour le statut de banque d'affaires.

1966. Le ministre français des Finances, Michel Debré, réforme le secteur bancaire et procède au rapprochement du CNEP et de la BNCI qui deviennent la « Banque nationale de Paris ».

1988. La compagnie de Suez prend le contrôle de la Société générale de Belgique, cible d'un raid inamical de l'homme d'affaires italien Carlo De Benedetti, secondé par Alain Minc.

1990. Les AG fusionnent avec le néerlandais Amev, formant le groupe Fortis.

1993. Fortis achète au gouvernement belge la majorité des parts de la CGER. L'acquisition de la totalité du capital sera finalisée en 1999.

1998. Fortis reprend la Générale de Banque par le biais d'une offre publique d'achat.

1999. Alors que Paribas et la Société générale projettent de se marier, BNP lance une double offre publique d'échange sur les fiancés. Elle n'en raflera qu'une, Paribas. BNP Paribas est née.

2008. Le 26 septembre, Fortis est au bord de la faillite. La Belgique, le Luxembourg et les Pays-Bas s'accordent pour injecter 11,2 milliards d'euros dans la société, à des niveaux divers, afin de lui éviter un naufrage certain. Mais le gouvernement néerlandais n'exécute pas cet accord et décide, quelques jours plus tard, de rapatrier les actifs néerlandais du groupe (dont ABN Amro et les assurances) pour 16,8 milliards d'euros. L'État belge décide, dans la foulée, d'acquérir 100 % de Fortis Banque Belgique et d'en céder 75 % à BNP Paribas, qui s'était porté candidat dès le 26 septembre à la demande de Fortis, contre 11,6 % du capital de la banque française. Le 12 décembre, un arrêt de la Cour d'appel de Bruxelles gèle partiellement cette transaction et octroie aux actionnaires de Fortis la possibilité de se prononcer sur l'opération.

2009. Le 30 janvier, un nouvel accord est conclu entre l'État belge et BNP Paribas : initialement vendue à la banque française, Fortis Insurance Belgium reste à 90 % dans Fortis (holding). Les 11 et 13 février, à

Bruxelles et à Utrecht, les actionnaires de Fortis, réunis en assemblée générale, rejettent cette nouvelle formule. Le 7 mars, l'État belge et BNP Paribas signent une troisième mouture : 25 % de l'assurance sont rachetés par BNP Paribas pour 1,375 milliard d'euros. La plupart des actionnaires s'y montrent favorables mais une assemblée générale de Fortis doit l'approuver formellement.

Bibliographie

Livres

Michel Aglietta, *La crise. Pourquoi en est-on arrivé là ? Comment en sortir ?*, Michalon, Paris, 2008.

Jacques Attali, *La crise, et après ?*, Fayard, Paris, 2009.

Béatrice Delvaux, Stefaan Michielsen, *Le Bal des empires. Les dessous du capitalisme belge*, Racine, Bruxelles, 1999.

Jacques Moden, *Les privatisations en Belgique. Les mutations des entreprises publiques 1988-2008*, Crisp, Bruxelles, 2008.

Philippe Muylle, Danny Lannoy, Fons Theerens, *Compagnie Le Zoute, 100 ans à Knokke*, Lannoo, 2008.

Articles

Agence Bloomberg, juillet 2007-mars 2009.

Conde Nast Portfolio, décembre 2008.

De Morgen, samedi 31 janvier 2009.

De Standaard, septembre 2008-mars 2009.

De Tijd, septembre 2008-mars 2009.

De Volkskrant, septembre-octobre 2008.

La Libre Belgique, septembre 2008-mars 2009.
L'Écho, septembre 2008-mars 2009.
Les Échos, septembre 2008-mars 2009.
Le Figaro, septembre 2009-mars 2009.
Le Monde, septembre 2008-mars 2009.
Le Soir, 2004-2009.
La Tribune, septembre 2008-mars 2009.
Mediapart, décembre 2008.
The Economist, juillet 2007-mars 2009.
The Financial Times, juillet 2007-mars 2009.

Rapports

Banque Nationale de Belgique, rapport annuel 2007.
Banque Nationale de Belgique, Financial Stability Review 2007, 2008.
Banque des Règlements Internationaux, rapport annuel 2007/2008.
Congrès américain, auditions sur la faillite de Lehman Brothers, 6-10 octobre 2008.
La Documentation française, La crise des subprimes.
Rapports financiers intermédiaires et annuels de Fortis, Dexia, Ethias, BNP Paribas, KBC et UBS.

Remerciements

Ce livre a engendré un surcroît de travail pour nos collègues du journal *Le Soir*. Qu'ils soient remerciés pour leur patience et leur compréhension. Le soutien, plus particulièrement, de Béatrice Delvaux et de Bernard Padoan fut précieux. Nos remerciements vont également à nos parents, pour leur sollicitude, leur bienveillance. Avec une pensée émue pour le papa de Paul Gérard, Francis Gérard, qui aurait certainement apprécié suivre cette aventure éditoriale. Qu'Emma, Joachim, Léa, Nathan et Salomé, nos enfants, soient également salués ici. Enfin, Marianne, Sabine et Soraya, épouse et compagnes, piliers indéfectibles…

TABLE

BIBLIOGRAPHIE

Cet ouvrage a été composé
par Facompo à Lisieux (Calvados)
et achevé d'imprimer sur Roto-Page
par l'Imprimerie Floch à Mayenne
en avril 2009.

Dépôt légal : avril 2009.
N° d'édition : 01. – N° d'impression : 73601.
Imprimé en France